小学统编教材入选篇目 + 小学课标推荐篇目 + 必背经典篇目

一天一首古诗词

主编 夫子

春

主　编：夫　子

编　委：陈俊杰　贺泽妮　孔　纳　刘　慧
刘　艳　毛　恋　唐海雄　唐玉芝
邱　武　吴　翩　曾婷婷　张　玲
周方艳　周晓娟

山东教育出版社

目　录

咏廿四气诗·立春正月节

yǒng niàn sì qì shī · lì chūn zhēng yuè jié

［唐］元　稹[1]

chūn dōng yí lǜ lǚ，tiān dì huàn xīng shuāng
春冬移律吕[2]，天地换星霜。

bīng pàn yóu yú yuè，hé fēng dài liǔ fāng
冰泮[3]游鱼跃，和风待柳芳。

zǎo méi yíng yǔ shuǐ，cán xuě qiè zhāo yáng
早梅迎雨水，残雪怯朝阳。

wàn wù hán xīn yì，tóng huān shèng rì cháng
万物含新意，同欢圣日长。

注释

❶ **元稹**（779—831），字微之，别字威明，唐朝著名诗人。元稹少时即有才名，世人将他与白居易称为“元白”。❷ **律吕**：古代校正乐律的器具，后来与历法附会，以十二律吕对应十二个月。这里指季节。❸ **泮**：分散，融解。

译文

春冬季节交替，天地之间也换了样子。冰已经融化了，鱼儿在水里游来游去，温暖的春风准备吹绿柳树。早开的梅花正在迎接着雨水，残留的一点积雪害怕被朝阳照射而融化。世界上的万事万物都满含新意，来庆祝立春这个节日。

赏析

诗中描写了“游鱼”“和风”“早梅”“残雪”等景物在立春时的状态，向人们展示了一幅冬去春来、万物复苏的美好图景。诗人还赋予景物以人的心理活动，用“待”“迎”“怯”等字将景物写得更生动。

立春

立春是农历二十四节气中的第一个节气。『立』是『开始』的意思，自秦代以来，中国就一直以立春作为孟春时节的开始。所谓『一年之计在于春』，春代表着温暖，鸟语花香；春喻示着生长，耕耘播种。

chūn xiǎo
春晓①

［唐］孟浩然②

chūn mián bù jué xiǎo
春眠不觉③晓，

chù chù wén tí niǎo
处处闻④啼鸟⑤。

yè lái fēng yǔ shēng
夜来⑥风雨声，

huā luò zhī duō shǎo
花落知多少。

注释

❶ **春晓**：春天的早晨。晓，天亮。❷ **孟浩然**（689—740），名浩，字浩然，是盛唐重要的山水田园诗人，与王维齐名，合称“王孟”。❸ **不觉**：不知不觉。❹ **闻**：听到。❺ **啼鸟**：鸟的啼叫声。❻ **夜来**：夜里。

译文

春天来了，晚上睡觉特别香甜，不知不觉天就亮了。早晨醒来，到处都能听到鸟儿的啼叫声。昨天夜里似乎有刮风下雨的声音，花儿不知被吹落了多少。

赏析

作者抓住了春天的早晨刚刚醒来的一瞬间展开联想，描绘了一幅春天早晨绚丽的图景。前两句写早晨的所闻所感，写出了一种悠闲的生活状态。后两句写作者对落花的担忧，体现了诗人对春天的怜惜与珍爱。

春天

描写春天的古诗词有很多，关于春天的意象，如春花、春鸟、春水等，也非常丰富。有的诗人赞美春天，展现恬静闲适、春意盎然的美好图画；有的借春景抒真情，寄托内心复杂的情感。

早春呈[1]水部张十八员外[2]

zǎo chūn chéng shuǐ bù zhāng shí bā yuán wài

［唐］韩 愈[3]

tiān jiē xiǎo yǔ rùn rú sū
天街小雨润如酥[4]，

cǎo sè yáo kàn jìn què wú
草色遥看近却无。

zuì shì yì nián chūn hǎo chù
最是一年春好处[5]，

jué shèng yān liǔ mǎn huáng dū
绝胜[6]烟柳满皇都。

注释

❶ **呈**：恭敬地送上。❷ **水部张十八员外**：指唐代诗人张籍，曾任水部员外郎。❸ **韩愈**（768—824），字退之，唐代文学家、哲学家，“唐宋八大家”之首，他大力提倡古文，与柳宗元并称“韩柳”。❹ **酥**：酥油，这里形容春雨的滋润。❺ **处**：时。❻ **绝胜**：远远胜过。

译文

京城大道上细雨纷纷，如同奶油一般细密而滋润，远远望去，草色依稀连成一片，近看时却又显得稀疏零落。这正是一年中最美的早春时节，远远胜过绿柳满城的暮春。

赏析

这首诗风格清新自然。首句写初春小雨，准确地抓住其特点。第二句写小草沾上雨水后的景色，表现了初春小草的柔美。三、四两句对初春景色大加赞美。诗人咏叹早春，认为早春比晚春景色更美，别有新意。

春雨

春雨是万物生长的源泉，是希望之雨。它下得细密、朦胧，像牛毛，如细丝。诗人们描写和吟咏春雨的作品有很多，有的单纯写景，描摹自然精灵；有的借春雨抒情，表达淡淡的喜悦或哀愁。

huì chóng　chūn jiāng wǎn jǐng

惠崇❶春江晚景

［宋］苏　轼❷

zhú wài táo huā sān liǎng zhī
竹外桃花三两枝，

chūn jiāng shuǐ nuǎn yā xiān zhī
春江水暖鸭先知。

lóu hāo mǎn dì lú yá duǎn
蒌蒿❸满地芦芽❹短，

zhèng shì hé tún yù shàng shí
正是河豚❺欲上❻时。

注释

❶ **惠崇**：北宋名僧，能诗善画。❷ **苏轼**（1037—1101），字子瞻，号东坡居士。他是北宋著名文学家、书画家，“唐宋八大家”之一，也是宋词豪放派的创始人。❸ **蒌蒿**：一种野草，多长在河滩，茎可以吃。❹ **芦芽**：芦苇的嫩芽，可以食用。❺ **河豚**：一种鱼。❻ **欲上**：快要从下游游上来了。欲，将要。上，逆流而上。

译文

竹林外的桃花刚开了两三枝，春天刚到，江水变暖，鸭子最先感受到春的气息。蒌蒿已长满河滩，芦苇刚抽出嫩芽，这正是河豚逆流而上的时候。

赏析

这是苏轼为好友惠崇所绘的鸭戏图而作的题画诗。苏轼紧紧抓住画作的意境，描绘出了早春江景的优美。全诗春意浓郁，给人以清新、舒畅之感。

桃花

桃花在春天开放，颜色鲜艳，灿烂娇美。在古诗中，它被用来象征生机勃勃的春天，也被比作红粉佳人，还用来抒发诗人惜春、隐逸等情怀。

jué jù sì shǒu qí sān

绝句四首·其三

［唐］杜 甫[1]

liǎng gè huáng lí míng cuì liǔ
两个黄鹂[2]鸣翠柳，

yì háng bái lù shàng qīng tiān
一行白鹭[3]上青天。

chuāng hán xī lǐng qiān qiū xuě
窗含[4]西岭[5]千秋雪[6]，

mén bó dōng wú wàn lǐ chuán
门泊东吴万里船。

注释

❶ **杜甫**（712—770），字子美，自号少陵野老。他是唐代伟大的现实主义诗人，与李白合称“李杜”。❷ **黄鹂**：又叫黄莺，一种黄色羽毛的小鸟。❸ **白鹭**：一种白色羽毛的水鸟，脚长，捕鱼虾为食。❹ **含**：包含。这里指从窗口向外看，窗外的景色就像框在窗户中。❺ **西岭**：指成都西南的岷山。❻ **千秋雪**：指西岭上终年不化的积雪。秋，年的意思。

译文

两只黄鹂在翠绿的柳枝上鸣叫，一行白鹭飞上了蔚蓝的天空。凭窗望去，西山上终年不变的雪景好像是嵌在其中的一幅画；门前江边，停泊着来自遥远的东吴的航船。

赏析

这首诗描写早春景象。首句写新绿的柳枝、欢唱的黄鹂，次句写蓝天上的白鹭。第三句写西山雪岭，末句写停泊在岸边的船只。全诗组成一幅壮阔的山水画卷。

白鹭

白鹭是一种乳白色的候鸟。古代常用它比喻名人贤士，意指他们像白鹭一样优美、高洁、自在洒脱。『鹭朋鸥侣』是指与鹭、鸥为友，用来形容隐居生活。

立春的习俗之一
——“啃春”

在很多地方，流传着这样一个习俗：立春时节，不论大人小孩都要吃几口萝卜，这个习俗叫“啃春”。关于“啃春”的来历，有个神奇的传说。

某一年，当人们准备热热闹闹迎接立春时，不料瘟疫四起，人们像喝醉了酒似的，头重脚轻，连抬手的力气也没有。立春前一天，一个老道打扮的人来到了这个村庄。他听不到鸡鸣狗叫，更不见有人走动，便来到村边一户人家敲门。道人连敲几声都没有人应，后来他看到了一个中年人，中年人告诉他：“全村人都得了一种像我这样的病。”道人来到村东头的一棵古树下，合眼静坐，口中念念有词。原来，他在向神仙祈求医治瘟疫的方法。神仙告诉他，等地气通时，让百姓每人吃几口萝卜，瘟疫便可自动消除。道人长吁一口气，猛然站起来，飞快地跑回道观。他从地下刨出了一袋贮藏的萝卜，又飞快地回到了村庄。这时候，已是第二天早晨了，道人找到了一只芦花大公鸡，拔下几根鸡毛，扎在了地上。过了约莫一袋烟的功夫，扎在地上的鸡毛突然动了起来。道人惊喜万分，他喊着：“地气通了！地气通了！”然后奔向村庄的每家每户，让人们吃萝卜。结果还真灵验，人们吃了萝卜之后，病全都好了。

瘟疫解除了，人们又过上了平静安乐的生活，但是人们不会忘记那位道人，更不会忘记让他们从苦难中解脱出来的萝卜。从此，人们便在立春这天吃几片萝卜，以求平安。

诗路小憩

诗词大会

一、从下面的九宫格中各识别出一句古诗词。

来	不	枝
春	晓	发
眠	足	觉

春	和	锦
待	入	风
地	柳	芳

意	苦	百
意	含	万
物	争	新

处	春	是
又	最	一
好	年	觉

二、古诗词中包含“春”字的诗句很多，请根据下面的表格，写出“春”字在不同位置的诗句。（也可填五言或词句）

春						
	春					
		春				
			春			
				春		
					春	
						春

咏❶鹅

yǒng é

［唐］骆宾王❷

é é é
鹅，鹅，鹅，
qū xiàng xiàng tiān gē
曲项❸向天歌。
bái máo fú lǜ shuǐ
白毛浮绿水，
hóng zhǎng bō qīng bō
红掌❹拨❺清波。

注释

❶ **咏**：用诗、词来叙述或描写某一事物。❷ **骆宾王**（约 638—？），唐代著名诗人。他与王勃、杨炯、卢照邻并称“初唐四杰”，又与富嘉谟并称“富骆”。❸ **曲项**：弯着脖子。项，颈的后部，这里指鹅的脖子。❹ **红掌**：红色的鹅掌。❺ **拨**：划、拨动。

译文

鹅呀鹅，弯着脖子对天高歌。白色的羽毛浮在碧绿的水面上，红色的脚掌拨动着清清的水波。

赏析

这首诗以清新活泼的语言，对白鹅戏水进行了生动传神的描写。诗人运用了拟人手法，如把白鹅鸣叫说成是“歌”。同时，色彩的对比又为全诗增添了丰富的画面感。

鹅

鹅是一种常见的家禽，早在三千多年前就已经被人类驯养。骆宾王的这首《咏鹅》使鹅活泼灵动、悠然自得的形象深入人心。除了这首，白居易的《鹅赠鹤》一诗，借鹅表达了诗人郁郁不得志的心境。

绝句二首·其一
jué jù èr shǒu qí yī

[唐]杜 甫

chí rì jiāng shān lì
迟日[1]江山丽，

chūn fēng huā cǎo xiāng
春风花草香。

ní róng fēi yàn zi
泥融[2]飞燕子，

shā nuǎn shuì yuān yāng
沙暖睡[3]鸳鸯[4]。

注释

❶ **迟日**：春天的太阳。因为春天白日渐长，所以说迟日。❷ **泥融**：这里指泥土湿润。❸ **睡**：这里是栖息的意思。❹ **鸳鸯**：一种鸟，常在水边嬉戏，雌雄成对。

译文

春天里风和日丽，山河显得格外秀美，春风飘散着花草的芬芳。冻泥融化，燕子衔泥筑巢；沙滩温暖，成双成对的鸳鸯正静卧栖息。

赏析

这首诗描绘了在初春暖阳的照耀下，浣花溪一带明净绚丽的春景。诗中以和煦的春风、芳香的花草来展现春的气息，以燕子和鸳鸯两种鸟儿来展现春日里动物的状态，一动一静，画面感十足。全诗对仗工整，清新自然，是杜甫诗中别具风采的篇章。

燕子

从《诗经》起，燕子就是中华民族偏爱的歌咏对象。千百年来，文人们赋予了燕子太多的情感，赋予了这样一种小小的生物以深厚的文化底蕴。燕子常被诗人用来表达对春天的喜爱，也用来表达对时光易逝的愁思。

宿新市[1]徐公店

sù xīn shì xú gōng diàn

[宋] 杨万里[2]

lí luò shū shū yí jìng shēn
篱落疏疏[3]一径深，

shù tóu huā luò wèi chéng yīn
树头花落未成阴[4]。

ér tóng jí zǒu zhuī huáng dié
儿童急走追黄蝶，

fēi rù cài huā wú chù xún
飞入菜花无处寻。

注释

❶ **新市**：地名，在今湖南省攸县北。❷ **杨万里**（1127—1206），字廷秀，号诚斋，南宋杰出诗人。他的诗通俗清新，流畅自然，人称“诚斋体”。❸ **疏疏**：稀疏。❹ **阴**：树荫。

译文

篱笆稀稀落落，一条小路通向远方。树上的花瓣纷纷飘落，新叶长出来了，却还尚未形成树荫。小孩子飞快地奔跑着追赶黄色的蝴蝶，可是蝴蝶突然飞入菜花丛中，再也找不到了。

赏析

这首诗是描写农村春日风光的，诗人把景物与人物融为一体去描绘，动静结合，成功地刻画出农村恬淡自然、宁静清新的景象，富有情趣。

篱笆

篱笆是农村常见的一种用来保护院子的设施，一般是由竹子、木头等编成的，富有野趣，常常出现在描写田园生活的诗歌中。篱笆有隔断的作用，因而也常暗含隐居、避世、与世无争的意味。

shēng zhā zǐ　yuán xī
生查子[1]·元夕

［宋］欧阳修[2]

qù nián yuán yè shí，huā shì dēng rú zhòu。
去年元夜[3]时，花市[4]灯如昼[5]。

yuè shàng liǔ shāo tóu，rén yuē huáng hūn hòu。
月上柳梢头，人约黄昏后。

jīn nián yuán yè shí，yuè yǔ dēng yī jiù。
今年元夜时，月与灯依旧。

bú jiàn qù nián rén，lèi shī chūn shān xiù。
不见去年人，泪湿春衫[6]袖。

注释

❶ **生查子**：词牌名。❷ **欧阳修**（1007—1072），字永叔，号醉翁、六一居士，北宋政治家、文学家。他是“唐宋八大家”之一，并与韩愈、柳宗元、苏轼被后人合称“千古文章四大家”。❸ **元夜**：元宵之夜。农历正月十五为元宵节。❹ **花市**：每年春时举行的卖花、赏花的集市。❺ **灯如昼**：灯火通明，就像白天一样。❻ **春衫**：年少时穿的衣服，也指代年轻时的自己。

译文

去年正月十五元宵节时，花市的灯光像白天一样明亮。月儿在柳树梢头升起，他约我黄昏以后同叙衷肠。今年正月十五元宵节时，月光和灯光仍然，同去年的一样。只是再也看不到故人，泪珠儿不觉湿透了我的衣袖。

赏析

此词言语浅近，情调哀婉，用“去年元夜”与“今年元夜”两幅图景，展现相同节日里的不同情思，将不同时空的场景贯穿起来，写出主人公悲戚的爱情故事。

元宵节

元宵节是中国的一个传统节日，为每年农历正月十五日。在这一天，人们赏花灯、猜灯谜、吃汤圆、放烟花，不同的地方有不同的习俗。元宵节还被称为古代的情人节，那时有情人常在这一天相约上街观灯。

fù dé gǔ yuán cǎo sòng bié

赋得[1]古原草送别

［唐］白居易[2]

lí lí yuán shàng cǎo，yí suì yì kū róng

离离[3]原上草，一岁一枯荣[4]。

yě huǒ shāo bú jìn，chūn fēng chuī yòu shēng

野火烧不尽，春风吹又生。

yuǎn fāng qīn gǔ dào，qíng cuì jiē huāng chéng

远芳[5]侵古道，晴翠接荒城。

yòu sòng wáng sūn qù，qī qī mǎn bié qíng

又送王孙[6]去，萋萋满别情。

注释

❶ **赋得**：古代凡按指定的题目作诗，照惯例都要在题目前加上“赋得”二字。❷ **白居易**（772—846），字乐天，号香山居士。他有“诗魔”“诗王”之称，诗歌平易近人，通俗易懂。❸ **离离**：青草茂盛的样子。❹ **枯荣**：枯，枯萎。荣，茂盛。❺ **远芳**：远处的野草。❻ **王孙**：本指贵族后代，这里代指诗人要送别的友人。

译文

草原上的野草多么茂盛，每年枯萎之后次年又重新生长。熊熊野火烧它不尽，只要春风吹过，它又重获生机。远处的野草铺满了道路，一片绿色连着远处那荒凉之城。今天又要送朋友远行，这离别之情如茂盛的野草，充塞胸怀。

赏析

这首诗首句紧扣题目，交代送别时的环境。第二句进一步写出野草的生长规律。三、四两句歌颂春草顽强的生命力。五、六两句进一步描写春草的勃勃生机。最后两句补足“送别”之意，感情真挚动人。

草

草的意蕴十分丰富。这首诗歌颂了草蓬勃顽强的生命力，是咏草诗中的经典。春草是春的信使，常被用来表达爱惜春天的情感。秋日的草则衬托出一种荒凉的气氛，文人借以表达乡思、家国衰落等悲凉情愫。

元宵节的传说

元宵节有个习俗是赏花灯，最开始是点灯，后来人们将灯越做越好看，形成了上街赏花灯的习俗。关于这个习俗，有一个传说。

相传在很久很久以前，人间的凶禽猛兽很多，四处伤害人和牲畜，人们就组织起来去消灭它们。当时有一只神鸟因为迷路而降落人间，意外地被不知情的猎人射死了。天帝知道后，十分震怒，下令让天兵于正月十五到人间放火，把人间的人畜财产都烧掉。

天帝的女儿心地善良，不忍心看百姓无辜受难，于是就冒着生命危险，偷偷地把这个消息告诉给人们。

众人听说这个消息后，都被吓得不知如何是好。有位老人家想出了个法子，他说："在正月十五这天，咱们都在家里张灯结彩、点响爆竹、燃放烟火，让人间红彤彤的一片，这样一来，天帝就会以为我们都被烧掉了。"

大家听了都点头称是，便分头准备去了。到正月十五这天晚上，天帝往人间一看，只见一片红光，响声震天，以为是天兵在放火，于是心中大快，并未怀疑。就这样，人间逃过一劫。

从此，每年到了正月十五，家家户户都悬挂灯笼，燃放烟火，来表达对善良之人的感激之情。

诗路小憩

诗词大会

一、请在下面的空缺处填上动物的名称。

1. 泥融飞□□，沙暖睡□□。

2. 儿童急走追黄□，飞入菜花无处寻。

3. 春眠不觉晓，处处闻啼□。

4. 两个□□鸣翠柳，一行□□上青天。

5. 竹外桃花三两枝，春江水暖□先知。

二、选择正确的选项。

1. 《咏鹅》的作者是唐代诗人（　　）。

A. 李白　　B. 杜甫　　C. 骆宾王

2. “春风花草香”的上一句是（　　）。

A. 白毛浮绿水　　B. 泥融飞燕子　　C. 迟日江山丽

3. 《生查子·元夕》讲的是我国古代的（　　）节。

A. 元宵　　B. 端午　　C. 春

4. “野火烧不尽，春风吹又生”形容的是（　　）。

A. 草　　B. 花　　C. 水

5. 杨万里是（　　）代诗人。

A. 唐　　B. 宋　　C. 元

chéng dōng zǎo chūn
城[1]东早春

［唐］杨巨源[2]

shī jiā qīng jǐng zài xīn chūn
诗家[3]清景在新春，

lǜ liǔ cái huáng bàn wèi yún
绿柳才黄半未匀[4]。

ruò dài shàng lín huā sì jǐn
若待上林[5]花似锦，

chū mén jù shì kàn huā rén
出门俱是看花人[6]。

注释

❶ **城**：唐朝京城长安。❷ **杨巨源**（755—？），字景山，后改名巨济，唐代诗人。❸ **诗家**：诗人的统称。❹ **匀**：均匀。❺ **上林**：上林苑，汉朝宫苑，汉武帝时加以扩充。诗中用来代指唐朝京城长安。❻ **看花人**：此处双关，指赏景看花的人和进士及第者。唐时进士及第者有在长安城中看花的风俗。

译文

诗人最喜爱的景色就是这早春之景，绿色的柳枝上嫩黄的新芽还未抽匀。如果等到长安繁花似锦的时候，一出门到处都是赏花的人。

赏析

这首诗展现了诗人对早春景色的热爱。诗人抓住了“半未匀”这个细节特点，使人仿佛见到绿枝上刚刚露出来的嫩黄的柳芽，将早春之柳的风姿勾画得非常逼真。全诗色调明快，同时意蕴丰富，耐人寻味，堪称佳篇。

上林苑

上林苑是汉武帝刘彻修建的一座宫苑，规模很大，其中有优美的自然景观，有华美的宫室，还有各种游乐设施。司马相如的《上林赋》就以极为华丽的文字记载了上林苑的繁华壮丽。

chūn yè xǐ yǔ

春夜喜雨

[唐] 杜　甫

hǎo yǔ zhī shí jié， dāng chūn nǎi fā shēng。
好雨知时节[1]，当[2]春乃[3]发生[4]。

suí fēng qián rù yè， rùn wù xì wú shēng。
随风潜[5]入夜，润物细无声。

yě jìng yún jù hēi， jiāng chuán huǒ dú míng。
野径[6]云俱黑，江船火独明。

xiǎo kàn hóng shī chù， huā zhòng jǐn guān chéng。
晓看红湿处[7]，花重[8]锦官城[9]。

注释

❶ **时节**：时令，节气。❷ **当**：正当，正值。❸ **乃**：于是，就。❹ **发生**：使植物萌发、生长。❺ **潜**：暗暗地，悄悄地。❻ **野径**：乡下的小路。径，小路。❼ **红湿处**：雨水湿润的花丛。红，这里代指花。❽ **花重**：沾满了雨水的花朵显得饱满沉重。❾ **锦官城**：成都的别称。

译文

好雨仿佛知道下雨的时节到了，一到万物萌发的春天就下了起来。它随着风儿在夜晚悄然飘落，无声无息地滋润着万物。雨夜中，野外一片黑暗，只有江船上的灯火还亮着。明早去看看那些带着雨水的花朵吧，定是娇艳无比，整个锦官城都变得亮丽了。

赏析

这首诗写于上元二年（761 年）春天，诗人这时居住在成都郊外的草堂，当时成都一带出现旱灾，所以当春雨到来之时，诗人以“久旱逢甘霖”的喜悦心情来描写这场春雨。全诗描写细腻，结构严谨，格调明快。

雨水

雨水是二十四节气中的第二个节气，是一个反映降水现象的节气。从这个节气开始，大地渐渐开始呈现出一派欣欣向荣的景象。

chú zhōu xī jiàn

滁州西涧[1]

［唐］韦应物[2]

dú lián yōu cǎo jiàn biān shēng

独怜[3]幽草[4]涧边生，

shàng yǒu huáng lí shēn shù míng

上有黄鹂深树[5]鸣。

chūn cháo dài yǔ wǎn lái jí

春潮[6]带雨晚来急，

yě dù wú rén zhōu zì héng

野渡[7]无人舟自横。

注释

❶ **滁州西涧**：滁州西边的山涧。滁州，今安徽省滁州市。涧，山间溪流。❷ **韦应物**（737—792），唐代诗人。他的诗多描绘山水田园风光，清淡高雅。后人将他与王维、孟浩然、柳宗元并称为“王孟韦柳”。❸ **独怜**：唯独怜爱。怜，怜惜，怜爱。❹ **幽草**：长在僻静之处的野草。❺ **深树**：树林的深处。❻ **春潮**：春天的潮水。春天时山上的积雪融化，溪水涨潮。❼ **野渡**：郊野的渡口。

译文

我唯独喜爱这长在涧边的野草，树林深处还有黄鹂在鸣叫。春潮带着细雨在傍晚时分来得很急，荒野的渡口不见人影，只有小船独自漂在河边。

赏析

这首诗是韦应物在任滁州刺史时描写城西山林风光的一首七绝，是他山水诗的代表作。诗的前两句描写山涧边幽雅的景致，后两句描绘雨中渡口的画面。诗人为中唐政治腐败而忧虑，有志改革而无能为力。诗中隐含了诗人内心的矛盾和无奈之感。

黄鹂

黄鹂羽色华美，鸣声悦耳。在一些咏春、惜春的诗歌中，它被作为一种意象用来表达诗人或哀伤或欣喜的情感。黄鹂还有『黄莺』『黄鸟』『早莺』等称谓。

忆江南[1]

yì jiāng nán

［唐］白居易

jiāng nán hǎo, fēng jǐng jiù céng ān
江南好，风景旧曾谙[2]。

rì chū jiāng huā hóng shèng huǒ
日出江花[3]红胜火，

chūn lái jiāng shuǐ lǜ rú lán
春来江水绿如蓝[4]。

néng bú yì jiāng nán
能不忆江南？

注释

❶ **忆江南**：词牌名。这里的江南主要指长江下游的江浙一带。❷ **旧曾谙**：从前很熟悉。旧，过去。谙，熟悉。❸ **江花**：江边的野花。❹ **蓝**：蓝草，一种植物，叶子可以用来制作青色的颜料。

译文

江南是个好地方，那里的风景我曾经非常熟悉。旭日东升，江边的野花开得比火还要红艳；春天来了，江水的颜色如蓝草一般碧绿。此情此景，让我怎能不怀念江南？

赏析

这首诗开门见山，一个“好”字，饱含着诗人深深的赞叹。诗人描写了从前熟悉的江南风景，抓住两种最有代表性的景物——“江花”和“江水”，对江南春景进行概括，为读者展现了江南的春光。最后的“能不忆江南”水到渠成，表达了诗人对江南的怀念和赞美之情。

江南

古代诗歌中的江南富庶而繁华，风景如诗如画，诗人常以或淡雅或浓烈的笔墨渲染江南的美好。同时“江南”这个意象在有关“流离”“思乡”的诗歌中常常出现，用来表达诗人忧伤、留恋、思乡之情。

bó chuán guā zhōu

泊船瓜洲[1]

［宋］王安石[2]

jīng kǒu guā zhōu yì shuǐ jiān
京口[3]瓜洲一水间，

zhōng shān zhǐ gé shù chóng shān
钟山[4]只隔数重山。

chūn fēng yòu lǜ jiāng nán àn
春风又绿[5]江南岸，

míng yuè hé shí zhào wǒ huán
明月何时照我还[6]。

注释

❶ **瓜洲**：在长江北岸，扬州南面。❷ **王安石**（1021—1086），字介甫，号半山，北宋政治家、文学家。他的散文雄健峭拔，诗歌清新自然，长于说理，是“唐宋八大家”之一。❸ **京口**：今江苏镇江，在长江南岸，与瓜洲隔江相对。❹ **钟山**：今江苏南京紫金山。❺ **绿**：吹绿，染绿。❻ **还**：回家，归来。

译文

京口和瓜洲只隔了一条江，跟钟山也只不过隔了几座山。春风又吹绿了大江南岸，明月何时能照着我回到故乡？

赏析

作者离家赴京城，横渡长江时，在瓜洲停船，生出惜别之情。诗中的“绿”字用得十分传神，据说诗人是在改动多次后最终选择了它。“绿”字不但充满了色彩感，而且富于动态美，堪称绝妙。

山水

山和水这两种自然事物在文学领域占据着重要位置。山水诗、山水画从古至今都是文人墨客的心头所好。由此发展而来的山水文学长盛不衰，赋予了祖国大好河山丰富的文化内蕴。

雨水节气

雨水是二十四节气之一，我国古代将雨水分为三候："一候獭祭鱼，二候鸿雁来，三候草木萌动。"意思是在这个节气开始时，水獭开始捕鱼了，它们将鱼摆在岸边，像要先祭后食；五天过后，大雁开始从南方飞回北方；再过五天，草木在春雨中开始抽出嫩芽。

雨水节气正值冬末春初的过渡时节，冷暖多变。这个时候，雨量渐增。在农业方面，大小麦陆续进入拔节孕穗期，油菜开始抽苔开花，农民伯伯此时正忙着看苗施肥、清沟排水。民间有很多关于雨水节气的农谚，如"七九八九雨水节，种田老汉不能歇""雨水到来地解冻，化一层来耙一层"等生动形象地概括了雨水到来时的农忙景象。

在雨水节气之后，随着降雨有所增多，人们容易染上湿寒之气，所以

要着重养护脾脏，保持饮食均衡，少食生冷之物。还要注意保暖，预防"倒春寒"。

诗路小憩

诗词大会

一、古诗词中有很多含有颜色的诗句，试着写出几句。

1. ______________________，______________________。

2. ______________________，______________________。

3. ______________________，______________________。

4. ______________________，______________________。

5. ______________________，______________________。

二、从下面的十六宫格中各识别出一句古诗。

黄	蓝	色	半
均	绿	已	春
又	且	柳	未
才	树	匀	依

春	日	来	花
黄	莫	吹	晚
鹂	带	潮	风
早	去	雨	急

南	山	如	绿
雨	河	春	蓝
喜	风	水	江
才	黄	又	岸

花	月	红	江
来	春	处	如
节	好	水	晓
蓝	时	绿	发

dù hàn jiāng

渡汉江[1]

[唐] 宋之问[2]

lǐng wài yīn shū duàn
岭外[3]音书[4]断，

jīng dōng fù lì chūn
经冬复历春。

jìn xiāng qíng gèng qiè
近乡情更怯[5]，

bù gǎn wèn lái rén
不敢问来人[6]。

注释

❶ **汉江**：汉水。长江最长的支流，源出陕西，经湖北流入长江。❷ **宋之问**（约656—约712），字延清，名少连，初唐时期的著名诗人。❸ **岭外**：五岭以南的广大地区，通常称岭南，唐朝时常为罪臣的流放地。❹ **音书**：音讯，书信。❺ **怯**：害怕，不安。❻ **来人**：指渡汉江时遇到的从家乡来的人。

译文

久在岭南居住，家乡音讯全无；经历一个寒冬，又到春日时节。距离家乡越近，心中就越不安；遇人不敢相问，唯恐消息不祥。

赏析

这首诗的前两句追叙自己贬居岭南的情况，第三、四两句描写诗人在归途中的心理感受。全诗表现出诗人对家乡、亲人的依恋以及游子远归时内心激动、畏怯的复杂心理。

五岭

五岭是指五座山岭，分别是越城岭、都庞岭、萌渚岭、骑田岭和大庾岭，位于湖南、两广、江西之间。因地形的原因，五岭以南的地区在古代相对比较封闭，和中原地区联系较少，所以诗中说“岭外音书断”。

送元二[1]使[2]安西[3]

sòng yuán èr shǐ ān xī

［唐］王　维[4]

wèi chéng zhāo yǔ yì qīng chén
渭城[5]朝雨浥[6]轻尘，

kè shè qīng qīng liǔ sè xīn
客舍[7]青青柳色新。

quàn jūn gèng jìn yì bēi jiǔ
劝君更尽[8]一杯酒，

xī chū yáng guān wú gù rén
西出阳关[9]无故人[10]。

注释

❶ **元二**：即元常，因排行老二，故名元二，是作者的朋友。❷ **使**：出使。❸ **安西**：唐朝安西都护府的简称。❹ **王维**（701—761），字摩诘（jié），唐代杰出诗人。后人称其为“诗佛”。❺ **渭城**：秦时咸阳城，汉时改名渭城，在今陕西省西安市西北，位于渭水北岸。❻ **浥**：沾湿。❼ **客舍**：旅馆。❽ **尽**：喝尽。❾ **阳关**：古关名，故址在今甘肃省敦煌市西南，是出塞的必经之路。❿ **故人**：老朋友。

译文

渭城的清晨刚刚下过雨，尘土被雨水沾湿，不再飞起。客舍旁边的柳树在雨后焕然一新，更显青翠。朋友啊，你就要走了，请再喝一杯酒吧，往西出了阳关，可就不容易再见到老朋友了。

赏析

这首送别诗的前两句点明送别的时间和地点。用“浥”字形容雨湿尘埃，用“新”字形容柳色青翠，准确生动。后两句写离别时劝酒，表达诗人的依依惜别之情。

阳关

阳关是汉朝设置的边关名，故址在今甘肃省敦煌市西南，在古代与玉门关一样是出塞必经的关口。它被流沙掩埋，也被历代文人墨客吟唱。自古以来，阳关在人们心中，总是凄凉悲惋、寂寞荒凉的。

jiāng nán chūn

江南春

［唐］杜　牧[1]

qiān lǐ yīng tí lù yìng hóng
千里莺啼绿映红[2]，

shuǐ cūn shān guō jiǔ qí fēng
水村山郭[3]酒旗风[4]。

nán cháo sì bǎi bā shí sì
南朝[5]四百八十寺[6]，

duō shǎo lóu tái yān yǔ zhōng
多少楼台[7]烟雨中。

注释

❶ **杜牧**（803—约 852），字牧之，号樊川居士，唐代诗人。他与李商隐齐名，世称“小李杜”。❷ **绿映红**：绿树和红花互相映衬。❸ **山郭**：依山而建的城。❹ **酒旗**：酒馆悬挂的旗子之类的标识。❺ **南朝**：公元 420—589 年建都于建康（今南京）的宋、齐、梁、陈四个朝代的总称。❻ **四百八十寺**：形容佛寺很多。南朝时佛教非常盛行。❼ **楼台**：亭台楼阁。这里指寺院里的建筑。

译文

辽阔的江南大地上，鸟啼声声，绿树红花互相映衬。水村山城里，随处都有酒店的旗子在春风中飘着。南朝时留下的无数寺庙楼台，如今都笼罩在蒙蒙烟雨之中。

赏析

这首诗的前两句写春到江南，秀丽的景色令人心旷神怡。后两句既是写景，又是在讽喻朝政。“南朝”二字引发人们透过历史的“烟雨”，生发无尽的联想。

酒旗

酒旗是一种古老的广告形式，在中国有着悠久的历史。战国时期的著作《韩非子》中，就有对它的相关描述。自唐代以后，酒旗逐渐发展成为一种十分普通的市招，而且样式五花八门、异彩纷呈。

guān shū yǒu gǎn

观书有感

[宋]朱　熹[1]

zuó yè jiāng biān chūn shuǐ shēng
昨夜江边春水生，

méng chōng jù jiàn yì máo qīng
艨艟[2]巨舰一毛轻。

xiàng lái wǎng fèi tuī yí lì
向来[3]枉费推移力[4]，

cǐ rì zhōng liú zì zài xíng
此日中流[5]自在行。

注释

❶ **朱熹**（1130—1200），字元晦（huì），号晦庵，南宋著名理学家、教育家、诗人。他的诗在朴实中透着深刻的哲理。❷ **艨艟**：古代攻击性很强的战舰名，这里指大船。❸ **向来**：原先，指春水上涨之前。❹ **推移力**：指浅水时行船困难，需要人推才能前进。❺ **中流**：河流的中心。

译文

昨天夜晚江边的春水大涨，那艘庞大的战船就像一根羽毛一样轻。以往花费许多力量也不能推动它，今天它在水中间却能自在地移动。

赏析

这首诗以泛舟为例，让读者去体会与学习有关的道理，很有借鉴意义。诗人在诗中突出“春水”的重要，以“春水”比喻灵感的勃发，足以使得创作顺畅进行。“春水”也可以理解为掌握一种技能的基本功，只要做到熟能生巧，就能挥洒自如。

艨艟

艨艟是古代的一种进攻型快艇，又叫『蒙冲』。在赤壁之战中，周瑜在数十艘艨艟上浇上火油，使其冲向曹操的船队，他通过这种火烧敌方战船的方式，使孙刘联军取得了赤壁之战的胜利。

huàn xī shā

浣溪沙

［宋］苏　轼

yóu qí shuǐ qīng quán sì　sì lín lán xī　xī shuǐ xī liú

游蕲水[1]清泉寺，寺临兰溪，溪水西流。

shān xià lán yá duǎn jìn xī　sōng jiān shā lù jìng wú ní

山下兰芽短浸[2]溪，松间沙路净无泥。

xiāo xiāo mù yǔ zǐ guī tí　shuí dào rén shēng wú zài shào

潇潇[3]暮雨子规[4]啼。谁道人生无再少[5]？

mén qián liú shuǐ shàng néng xī　xiū jiāng bái fà chàng huáng jī

门前流水尚能西！休将白发[6]唱黄鸡[7]。

注释

❶**蕲水**：县名，在今湖北省浠水县。❷**浸**：泡在水中。❸**潇潇**：形容雨声。❹**子规**：杜鹃鸟。❺**无再少**：不能回到少年时代。❻**白发**：老年。❼**唱黄鸡**：感慨时光的流逝。因黄鸡可以报晓，借以表示时光的流逝。

译文

在蕲水的清泉寺游玩，寺庙在兰溪的旁边，溪水向西流淌。

山脚下刚生长出来的幼芽浸泡在溪水中，松林间的沙石小路经过雨水的冲洗，洁净无泥。傍晚时分下起了小雨，布谷鸟的叫声从松林中传来。谁说人老就不能再回到少年时期？门前的溪水还能向西边奔流呢！不要在老年感叹时光的飞逝啊！

赏析

这首词前三句描写了雨中南方初春的景象，自然明丽，清新雅致。后三句由描写转到议论，从中可以看出作者虽处困境但自强不息的精神。

黄鸡

黄鸡这一意象出自于唐代白居易的《醉歌示妓人商玲珑》：『谁道使君不解歌，听唱黄鸡与白日。黄鸡催晓丑时鸣，白日催年酉前没。』岁月就是在黄鸡的叫声、白日的流动中一天天过去的，诗人借此感叹时光流逝催人老。

子规啼血
——快来布谷

子规，也就是杜鹃鸟，又叫杜宇、布谷、望帝、蜀鸟等。子规经常在春夏时节的夜晚鸣叫，仔细听它的叫声，像是在不停地重复着：“布谷！布谷！”关于这种鸟，有一个传说。

相传古蜀国国王杜宇是一个非常负责而勤勉的君王，但是他的百姓很懒散。看到人们整日只图享乐，杜宇心急如焚。为了不误农时，每到春播时节，他就四处奔走，催促人们赶快播种，珍惜时光。

后来，杜宇积劳成疾，不治身亡，可是他对百姓还是难以忘怀。于是他的魂魄化为小鸟，每到暮春就四处飞翔，发出声声啼叫：“布谷！布谷！”直叫得嘴里流出鲜血，鲜红的血滴洒落在漫山遍野，化成一朵朵美丽的鲜花。人们被杜宇的魂魄感动了，变得勤勉了起来。他们把那小鸟叫作杜鹃鸟，把那花叫作杜鹃花。

也因为这个传说，文人们常常用子规的意象来表达凄凉、哀怨的情感。例如，李白的《闻王昌龄左迁龙标遥有此寄》中有“杨花落尽子规啼，闻道龙标过五溪”，李商隐的《无题》中有“庄生晓梦迷蝴蝶，望帝春心托杜鹃”，白居易的《琵琶行》中有“其间旦暮闻何物？杜鹃啼血猿哀鸣”。诸如此类的诗句还有很多，你能再去搜集一些，体会其中的含义吗？

诗路小憩

诗词大会

一、补全下列诗句的内容。

1. ________________，不敢问来人。

2. 渭城朝雨浥轻尘，________________。

3. 南朝四百八十寺，________________。

4. ________________？门前流水尚能西！

5. ________________，此日中流自在行。

二、古诗接龙。（后一句中要包含前一句的最后一个字）

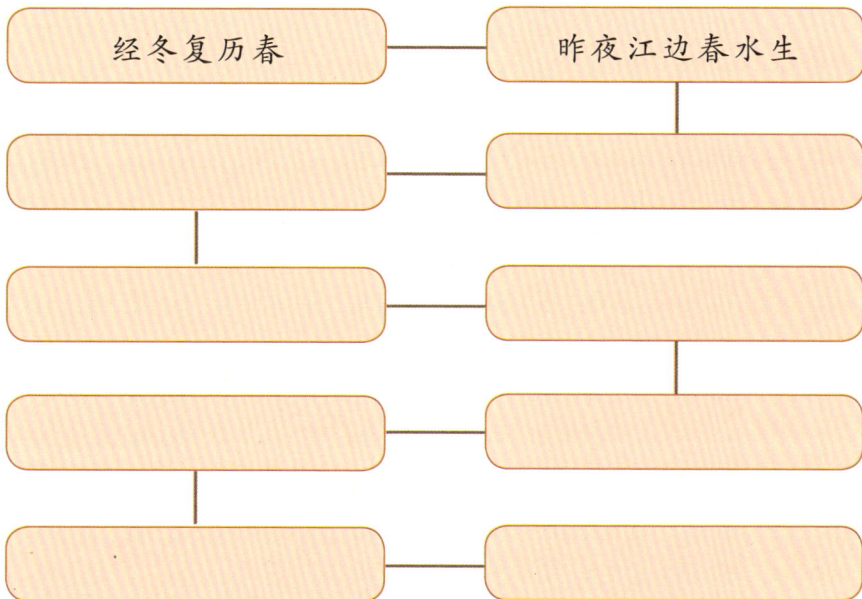

经冬复历春 —— 昨夜江边春水生

乌衣巷[1]

[唐] 刘禹锡[2]

朱雀桥[3]边野草花，
乌衣巷口夕阳斜[4]。
旧时王谢[5]堂前燕，
飞入寻常[6]百姓家。

注释

❶ **乌衣巷**：在秦淮河南岸。三国时，吴国的军队曾在这里设立军营，因士兵身着黑衣，所以叫乌衣巷。❷ **刘禹锡**（772—842），字梦得，唐代著名政治家、思想家、诗人，有“诗豪”之称。❸ **朱雀桥**：秦淮河上的一座桥，离乌衣巷很近。❹ **斜**：一读“xiá”，倾斜的意思。❺ **王谢**：东晋时的宰相王导、谢安。这两大贵族当时都住在乌衣巷。到唐朝时，已经败落。❻ **寻常**：平常，普通。

译文

曾经热闹的朱雀桥边，如今已长满野草，到处盛开着野花；昔日繁华的乌衣巷，如今只剩下残阳斜照。当年在王谢两家楼阁中筑巢的燕子，现在都飞到普通百姓家去了。

赏析

这首诗通过对夕阳野草、燕子易主的描述，深刻地表现了今昔的沧桑巨变，隐含着对豪门贵族的嘲讽和警告。诗人没有直接议论，而是通过一些平常而又典型的事物来以小见大，在写景中抒发自己的感慨。

王谢

琅琊王氏和陈郡谢氏并称『王谢』，是两晋南北朝时期延续数百年的名门望族，声望极高。一直到隋唐时期，不拘家世的科举制施行，科举进士新贵兴起，王谢家族便成了在中国中古时期的绝响。

fēng

蜂

［唐］罗　隐[1]

bú lùn píng dì yǔ shān jiān
不论平地与山尖[2]，

wú xiàn fēng guāng jìn bèi zhàn
无限风光尽被占。

cǎi dé bǎi huā chéng mì hòu
采得[3]百花成蜜[4]后，

wèi shuí xīn kǔ wèi shuí tián
为谁辛苦为谁甜？

注释

❶ **罗隐**（833—909），字昭谏（jiàn），自号江东生，唐代诗人。他的诗和文章都很出众，为时人所推崇。❷ **山尖**：山顶。❸ **采得**：采集来。❹ **成蜜**：酿成蜂蜜。

译文

不论是在平地还是山顶，只要是鲜花盛开的地方，都被它占据了。蜜蜂辛勤采集百花酿成香甜的蜂蜜，这究竟是为谁辛苦，为谁酿造甘甜呢？

赏析

诗人从蜜蜂酿蜜和人类食蜜这一现象入手，赞美了勤劳、不畏艰难的人，也批评了占有他人的劳动果实、不劳而获的人。全诗语言通俗，但寓意深刻。

蜂

蜂一般是作为春天的意象在诗词中出现的。虽然蜂和蝶都是春天中常见的昆虫，但蜂与因外表美丽而吸引人的蝶是不同的，它因为辛勤采花酿蜜，而带给诗人深刻的思考。

guān tián jiā

观田家[1]（节选）

［唐］韦应物

wēi yǔ zhòng huì xīn，yì léi jīng zhé shǐ。
微雨众卉[2]新，一雷惊蛰[3]始。
tián jiā jǐ rì xián，gēng zhòng cóng cǐ qǐ。
田家几日闲，耕种[4]从此起。
dīng zhuàng jù zài yě，chǎng pǔ yì jiù lǐ。
丁壮俱在野，场圃[5]亦就理。
guī lái jǐng cháng yàn，yìn dú xī jiàn shuǐ。
归来景[6]常晏[7]，饮犊[8]西涧水。

注释

❶**田家**：农民。❷**卉**：草的总称。❸**惊蛰**：二十四节气之一。❹**耕种**：泛指种田的事。❺**场圃**：春天用来种菜，秋天用来打场的地方。❻**景**：日光。❼**晏**：晚。❽**犊**：小牛。

译文

一场微细的春雨使万物充满生机，一声隆隆的春雷标志着惊蛰节令来临。种田人家一年能有几天空闲，从惊蛰便开始忙碌起来。年轻力壮的都去田野耕地，场院已经整理成了菜地。从田中归来常是太阳落山以后，还要牵上牛犊到西边山涧去饮水。

赏析

这首诗从春雨春雷写起，又用“几日闲”三字道出了农民劳作的艰辛。诗人用白描手法展现了农民的劳碌和辛苦，表达了对农民的同情。语言简明而无雕饰，自然平淡。

惊蛰

惊蛰是二十四节气中的第三个节气，这个节气通常都伴着春雷而来，『春雷响，万物长』。从这个节气开始，气温回升，万物纷纷复苏，准备开始新的一年。

村居

［清］高　鼎[1]

cǎo zhǎng yīng fēi èr yuè tiān
草长莺飞二月天，

fú dī yáng liǔ zuì chūn yān
拂堤杨柳[2]醉[3]春烟[4]。

ér tóng sàn xué guī lái zǎo
儿童散学[5]归来早，

máng chèn dōng fēng fàng zhǐ yuān
忙趁东风放纸鸢[6]。

注释

❶**高鼎**，字象一，又字拙吾，清代后期诗人。❷**拂堤杨柳**：指长长的杨柳枝条垂下来，微微摆动，像是在轻拂着堤岸。❸**醉**：陶醉，沉醉。❹**春烟**：春天时池沼、草木间蒸腾起来的烟雾。❺**散学**：放学。❻**纸鸢**：指风筝。鸢，老鹰。

译文

春光明媚的二月天，小草生长，黄莺展翅，杨柳沉醉在春烟之中，柔软的枝条轻拂着堤岸。孩子们放学回来得早，急忙趁着东风放起了风筝。

赏析

这首小诗生动地描绘了江南水乡的春景，具有浓郁的生活气息。前两句描绘出江南二月春光明媚的图景，后两句叙写孩子们放学归来放风筝的情景，刻画出了孩子们的天真烂漫，也映衬出春天的生机勃勃。

纸鸢

纸鸢又叫风筝、风鸢，是中国的一种传统手工艺品。据说纸鸢在距今两千多年的东周春秋时期就已经被发明出来了，由墨子首创，鲁班改进。它还曾作为通讯和侦察的工具用于军事，后来成为人们喜爱的一种玩具。

huà jī
画鸡

［明］唐　寅[1]

tóu shàng hóng guān bú yòng cái
头上红冠不用裁[2]，

mǎn shēn xuě bái zǒu jiāng lái
满身雪白走将[3]来。

píng shēng bù gǎn qīng yán yǔ
平生[4]不敢轻[5]言语，

yí jiào qiān mén wàn hù kāi
一叫千门万户开。

注释

❶ **唐寅**（1470—1524），字伯虎，一字子畏，号六如居士、桃花庵主等，明代著名画家、文学家。他与祝允明、文徵明、徐祯卿并称“江南四大才子”。❷ **裁**：裁剪，这里是制作的意思。❸ **将**：助词，用在动词和“来、去”等表示趋向的补语之间。❹ **平生**：平素，平常。❺ **轻**：随便，轻易。

译文

头上的红色冠子不用特别剪裁，雄鸡身披雪白的羽毛雄赳赳地走来。它平常不敢轻易鸣叫，它叫的时候，千家万户的门都会打开。

赏析

这首诗前两句写公鸡的外形、动作、神态，后两句写公鸡的心理和声音，描绘了公鸡优美高洁的形象，赞颂了它轻易不鸣、鸣则动人的品格。

鸡鸣

一天中最早的一声鸡鸣代表了古代计时的十二时辰中的第二个时辰，又名荒鸡，对应的地支名称是『丑时』，相当于凌晨的一至三时。古代有祖逖、刘琨『闻鸡起舞』的故事，展现了他们的刻苦精神。因而有『鸡鸣而起』这一成语来形容人勤奋不怠。

惊蛰吃梨

惊蛰时节，民间有吃梨的习俗，因为这时气温多变，人们会感到口干舌燥，身体不舒服。吃梨可以润燥清肺，让人们平安顺利地度过美好的春季。关于惊蛰吃梨，还有一个传说。

闻名海内的晋商渠家，其先祖渠济是上党长子县的人。明代洪武初年，渠济带着信、义两个儿子，去祁县卖潞麻与梨，再买来那里的粗布、红枣回上党。他们这样往返于两地之间做买卖，渐渐地有了一些积蓄，于是在祁县定居下来。到了雍正年间，渠氏的后人渠百川要去“走西口”，那天正是惊蛰之日，他的父亲拿出梨让他吃，并对他说：“当年先祖就是卖梨创业，今日惊蛰，你要去‘走西口’，让你吃梨是提醒你不要忘记先祖的辛苦，努力创业光宗耀祖。”后来，渠百川“走西口”经商，发家致富。此后，“走西口”的人也仿效他吃梨，代表“离家创业”的意思。发展到现在，人们在惊蛰日吃梨，也有“努力荣祖”的含义。

诗路小憩

诗词大会

一、古诗词中包含“花”字的诗句很多，请根据下面的表格，写出“花”字在不同位置的诗句。（也可填五言或词句）

花						
	花					
		花				
			花			
				花		
					花	
						花

二、回答下列问题。

1. 唐朝哪位诗人有“诗豪”之称？

2. “采得百花成蜜后，为谁辛苦为谁甜”说的是哪种昆虫？

3. 二十四节气中的第三个节气是什么？

4. “江南四大才子”分别是哪四个人？

相思❶

［唐］王 维

红豆❷生南国，
春来发几枝？
愿君多采撷❸，
此物最相思❹。

注释

❶ **相思**：题一作“相思子”，又作“江上赠李龟年”。❷ **红豆**：又名相思子，一种生长在江南地区的植物，结出的籽像豌豆而稍扁，呈鲜红色。❸ **采撷**：采摘。❹ **相思**：想念。

译文

鲜红的红豆，生长在阳光明媚的南方；春暖花开的季节，不知又生出多少？希望思念的人儿多多采集，小小的红豆最引人相思。

赏析

这是一首借咏物而寄相思的诗，是眷怀友人之作。起句因物起兴，接着以设问寄托情思，第三句暗示珍重友谊，最后一句一语双关，妙笔生花。全诗格调健美高雅，情思饱满奔放，语言朴素无华，韵律和谐柔美。

红豆

诗词中的红豆一般指的是相思子，又叫相思豆、红漆豆、鸳鸯豆，不是我们平时吃的那种红豆。古人常用这种红豆来象征爱情或寄托相思。

凉州词[1]

liáng zhōu cí

［唐］王之涣[2]

huáng hé yuǎn shàng bái yún jiān
黄河远上白云间，

yí piàn gū chéng wàn rèn shān
一片孤城万仞[3]山。

qiāng dí hé xū yuàn yáng liǔ
羌笛[4]何须怨杨柳[5]，

chūn fēng bú dù yù mén guān
春风不度玉门关[6]。

注释

❶ **凉州词**：盛唐时流行的一种曲调名，并不是诗题。❷ **王之涣**（688—742），字季陵，唐代著名边塞诗人。他的边塞诗气势磅礴，音韵优美，与王昌龄、高适等齐名。❸ **仞**：古代计量长度的单位，一仞相当于七尺或八尺。❹ **羌笛**：古代羌族的一种乐器。❺ **杨柳**：指古曲《折杨柳》，曲调哀怨。❻ **玉门关**：汉武帝时置，因西域输入玉石取道于此而得名。

译文

一眼望不到头的滔滔黄河水，远远地就像是从白云间流出来的一样。孤零零的玉门关四周，只有那连绵不断的群山。羌笛啊，何必总吹奏那哀怨的《折杨柳》曲调呢？要知道春风是吹不到玉门关来的。

赏析

这首诗的前两句偏重写景，通过写黄河、孤城，烘托出一种寂寥、凄凉的氛围。后两句偏重抒情，诗人在渲染思乡之情时，充满了悲切、壮美和慷慨、苍凉之感。

玉门关

玉门关是我国西域的重要关卡，是在汉武帝开通西域道路、设置河西四郡的时候设立的，因西域输入玉石时从这里经过而得名。

yú gē zǐ

渔歌子[1]

［唐］张志和[2]

xī sài shān qián bái lù fēi

西塞山前白鹭飞，

táo huā liú shuǐ guì yú féi

桃花流水[3]鳜鱼肥。

qīng ruò lì lù suō yī

青箬笠[4]，绿蓑衣[5]，

xié fēng xì yǔ bù xū guī

斜风细雨不须[6]归。

注释

❶ **渔歌子**：词牌名，原是唐朝教坊曲名，又名“渔父”。❷ **张志和**（732—774？），字子同，唐代诗人。他的作品多描写隐居生活，格调清新自然。❸ **桃花流水**：桃花盛开之时也是春水上涨之时，俗称桃花汛或桃花水。❹ **箬笠**：用竹篾（miè）、箬叶编制成的斗笠，用来遮雨等。❺ **蓑衣**：用草或棕编制成的雨衣。❻ **不须**：用不着。

译文

西塞山前，白鹭纷飞。桃花盛开的时节，江水猛涨，江中的鳜鱼长得正肥。渔翁头戴青色的斗笠，身披绿色的蓑衣，在斜风细雨中悠闲垂钓，乐而忘归。

赏析

这首词充分表现了隐居生活的乐趣。首句点明地点，“白鹭”是悠闲的象征。次句表现春季西塞山前的湖光山色。三、四句描写了渔翁捕鱼的情态。全诗色调明丽，用语活泼，生动地表现了渔翁悠闲自在的生活。

桃花水

桃花水即桃花汛。农历二三月时，黄河上游的冰融化，形成了春汛。当水流到下游的时候，沿岸的桃花开得正盛，因而被称为『桃花汛』。

zhú zhī cí
竹枝词❶

［唐］刘禹锡

yáng liǔ qīng qīng jiāng shuǐ píng
杨柳青青江水平，
wén láng jiāng shàng chàng gē shēng
闻郎❷江上唱歌声。
dōng biān rì chū xī biān yǔ
东边日出西边雨，
dào shì wú qíng què yǒu qíng
道❸是无晴❹却有晴。

注释

❶ **竹枝词**：多指巴渝（今四川、重庆）一带的民歌。❷ **郎**：古时对青年男子的美称。❸ **道**：说。❹ **晴**：与“情”同音，语带双关。表面上说天气，实际上是说这歌声好像“无情”，又好像“有情”，令人难以捉摸。

译文

江边杨柳青青，江中水面平静，江上忽然传来情郎的歌声。东边正出着太阳，西边却还下着雨，说是无晴（情）吧，却也有晴（情）。

赏析

这首诗首句写景，次句叙事。三、四两句写姑娘听到歌声后的心理活动。“道是无晴却有晴”一句，诗人用谐音双关的手法，把天“晴”和爱“情”这两件不相关的事物巧妙地联系起来，表现出初恋少女忐忑不安的微妙心情。

唱歌

古人是很爱唱歌的。比如吟诵就是唱歌的一种方式，古人在读书或进行诗歌创作时往往采用这种方式。早在先秦时期，文学就和音乐密切相关，比如《离骚》《九歌》，都是可以唱的，《诗经》其实就是一本春秋列国的歌词选集。

wén guān jūn shōu hé nán hé běi

闻官军收河南河北[1]

［唐］杜　甫

jiàn wài hū chuán shōu jì běi　chū wén tì lèi mǎn yī shang
剑外[2]忽传收蓟北[3]，初闻涕泪[4]满衣裳。
què kàn qī zǐ chóu hé zài　màn juǎn shī shū xǐ yù kuáng
却看[5]妻子[6]愁何在，漫卷[7]诗书喜欲狂。
bái rì fàng gē xū zòng jiǔ　qīng chūn zuò bàn hǎo huán xiāng
白日放歌须纵酒[8]，青春[9]作伴好还乡。
jí cóng bā xiá chuān wū xiá　biàn xià xiāng yáng xiàng luò yáng
即从巴峡穿巫峡，便下襄阳向洛阳。

注释

❶ **闻官军收河南河北**：官军，唐王朝军队。收，收复。河南河北，泛指黄河南北的广大地区。❷ **剑外**：剑门关以南，这里指四川。❸ **蓟北**：泛指唐代蓟州、幽州一带，在今河北省北部，当时为安史叛军所占据。❹ **涕泪**：眼泪。❺ **却看**：回头看。却，回头。❻ **妻子**：妻子和儿女。❼ **漫卷**：胡乱地卷起。漫，漫不经心。❽ **纵酒**：纵情饮酒。❾ **青春**：明媚的春天。

译文

剑门关外忽然传来官军收复蓟北的消息，听到这个消息我高兴得泪流满面，沾湿了衣裳。回头看看妻子和儿女们，愁容都一扫而光。我胡乱地把书一卷，高兴得简直要发狂。白日里我要放声歌唱，纵情饮酒，明媚的春光正好陪伴我们返回家乡。立即动身，从巴峡乘船经过巫峡，顺流而下到达襄阳，然后就可以直奔洛阳了。

赏析

漂泊在外的杜甫听到官军收复蓟北的消息非常兴奋，他想象着自己直奔洛阳，回到阔别已久的家乡。这首诗风格豪放明快，将诗人的喜悦表达得淋漓尽致。

巴峡

巴峡是长江三峡之一，它位于巫峡的东面、夷陵的西面。巴峡水流湍急，险滩林立，尤以西边的黄牛滩最为惊险。

诗词中的各种“关”

“关”在这里指“关口”，关口是指通往一个地区的出入口或必经之地。在中国历史上，有许多关口因为地势险要，成为军事重地。关口作为诗词中的一个意象，被文人们寄予了丰富的情感。

剑门关——一夫当关，万夫莫开

剑门关

［宋］陆　游

剑门天设险，北乡控函秦。
客主固殊势，存亡终在人。
栈云寒欲雨，关柳暗知春。
羁客垂垂老，凭高一怆神。

玉门关——春风不度玉门关

塞上曲二首·其二

［唐］戴叔伦

汉家旌帜满阴山，不遣胡儿匹马还。
愿得此身长报国，何须生入玉门关。

从军行七首·其四

［唐］王昌龄

青海长云暗雪山，孤城遥望玉门关。
黄沙百战穿金甲，不破楼兰终不还。

阳关——西出阳关无故人

阳关曲·答李公择

［宋］苏　轼

济南春好雪初晴，才到龙山马足轻。
使君莫忘霅溪女，还作阳关肠断声。

诗路小憩

诗词大会

一、桃花是古诗词中常见的一个意象，试着写出几句关于桃花的诗句。

1. ________________，________________。

2. ________________，________________。

3. ________________，________________。

4. ________________，________________。

5. ________________，________________。

二、从下面的十六宫格中各识别出一句古诗词。

春	羌	作	风
柳	不	度	笛
伴	好	还	玉
怨	门	关	晴

斜	杨	风	何
物	细	乡	雨
须	思	不	须
歌	最	归	放

道	雨	是	此
无	西	晴	边
却	相	有	晴
妻	看	诗	喜

白	出	日	雨
春	青	放	东
歌	须	日	纵
狂	欲	酒	书

咏柳

yǒng liǔ

［唐］贺知章[1]

bì yù zhuāng chéng yí shù gāo
碧玉[2]妆[3]成一树高，

wàn tiáo chuí xià lǜ sī tāo
万条垂下绿丝绦[4]。

bù zhī xì yè shuí cái chū
不知细叶谁裁出，

èr yuè chūn fēng sì jiǎn dāo
二月春风似剪刀。

注释

❶ **贺知章**（约 659—约 744），字季真，号“四明狂客”，唐代著名诗人。他与李白、张旭等合称“饮中八仙”，他的诗风清新雅致。❷ **碧玉：** 碧绿色的玉。这里比喻春天嫩绿的柳叶。❸ **妆：** 梳妆，打扮。❹ **丝绦：** 丝线编成的带子。这里比喻柔软的柳枝。

译文

高高的柳树长出了嫩绿的新芽，看上去好像是用碧玉装扮而成的。无数柔软的柳枝，好像绿色的丝带在风中飘舞。不知道这纤细的绿叶是谁剪裁而成的，原来是那二月的春风啊，它真像一把神奇的剪刀。

赏析

这首诗通过对柳树的赞美，表达了诗人对春天的喜爱。首句用“碧玉”形容柳树上新长出的叶子，展现它的颜色美。第二句写柳枝，表现它轻柔的姿态美。最后两句将描写的对象由柳树过渡到了春风，表达了对春天的热爱之情。

柳树

柳树是古诗中常见的一种意象。柳树在春天发芽，因此成为春之象征，常常被文人借以表达对春天的喜爱。又因『柳』与『留』谐音，文人常用其暗喻不忍离别、留恋等。此外，柳树因其婀娜的姿态而被用来比喻女子的美。

zèng wāng lún

赠汪伦[1]

［唐］李　白[2]

lǐ　bái　chéng　zhōu　jiāng　yù　xíng
李白乘舟将欲行，

hū　wén　àn　shàng　tà　gē　shēng
忽闻岸上踏歌[3]声。

táo　huā　tán　shuǐ　shēn　qiān　chǐ
桃花潭[4]水深千尺[5]，

bù　jí　wāng　lún　sòng　wǒ　qíng
不及汪伦送我情。

注释

❶ **汪伦**：李白的一个朋友。❷ **李白**（701—762），字太白，号青莲居士。他是我国历史上伟大的浪漫主义诗人，被后世誉为“诗仙”，与杜甫并称“李杜”。❸ **踏歌**：古代的一种歌唱形式，拉手而歌，用脚踏地为节拍。❹ **桃花潭**：在今安徽省泾县西南。❺ **深千尺**：表示很深。这里用了夸张的修辞手法。

译文

李白乘着小船正要离开，忽然听到岸上传来送别的踏歌声。桃花潭的水就算深达千尺，也比不上汪伦为我送行的深厚情谊啊！

赏析

这首诗表达了李白与好友汪伦的深厚情谊。诗以叙事开头，展示了一幅离别的场景。诗的后两句抒情。“深千尺”，虚写潭水极深，实则用来表现汪伦和作者的友情十分深厚。

李白

李白，字太白，号青莲居士，又号『谪仙人』，是唐代伟大的浪漫主义诗人，被后人誉为『诗仙』，与杜甫并称为『李杜』。为了区别于『小李杜』——李商隐和杜牧，他俩又合称『大李杜』。李白爽朗豪迈，爱饮酒作诗，喜交友。

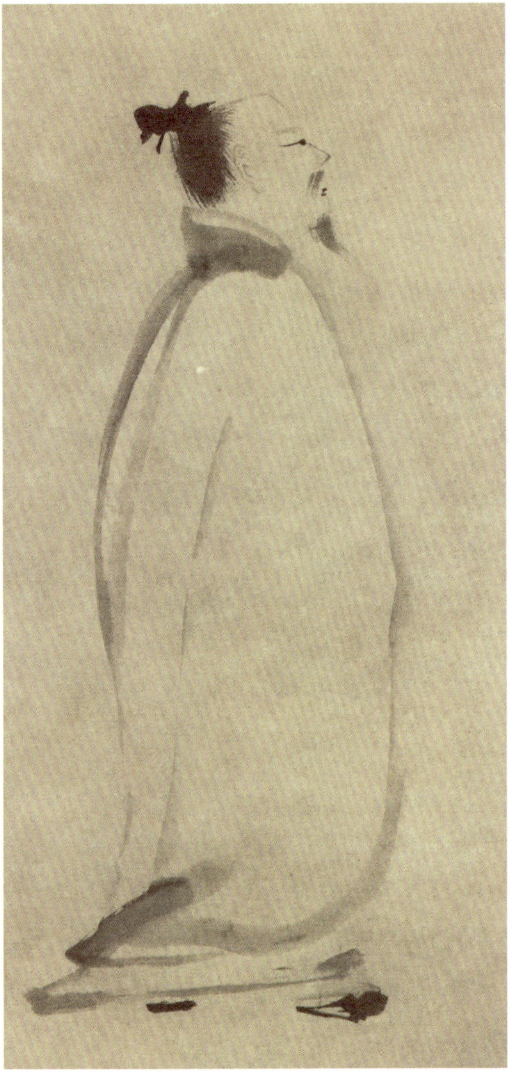

jiāng pàn dú bù xún huā qí wǔ

江畔独步寻花[1]·其五

［唐］杜　甫

huáng shī tǎ qián jiāng shuǐ dōng

黄师塔[2]前江水东，

chūn guāng lǎn kùn yǐ wēi fēng

春光懒困[3]倚微风。

táo huā yí cù kāi wú zhǔ

桃花一簇开无主，

kě ài shēn hóng ài qiǎn hóng

可[4]爱深红爱浅红？

注释

❶ **江畔独步寻花**：这是诗人写的一组绝句诗，共七首。独步寻花，一个人一边散步，一边赏花。❷ **黄师塔**：一黄姓僧人的墓。古蜀人称僧为“师”，称其墓为“塔”。❸ **懒困**：慵懒、困倦。❹ **可**：到底，究竟。

译文

黄师塔前，一江春水缓缓向东流去，春光明媚，让人慵懒困倦，真想倚着东风小睡一觉。江边盛开着一簇无主的桃花，你到底是喜爱深红的花朵还是浅红的呢？

赏析

这首诗的前两句交代了寻花的地点和环境，写出了春天给人的独特感受。后两句写花，诗人陶醉在大自然的美景中，不知“深红”美，还是“浅红”美。全诗表现了诗人对生活的热爱和内心的喜悦之情。

黄师塔

古人称呼僧人为『师』，称呼僧人的墓地为『塔』，这里的黄师塔也就是一个姓黄的僧人的墓地。少林寺的塔林，也就是僧众的坟墓。

chūn fēn rì

春分日

［五代］徐　铉[1]

zhòng chūn chū sì rì, chūn sè zhèng zhōng fēn.
仲春[2]初四日，春色正中分。

lǜ yě pái huái yuè, qíng tiān duàn xù yún.
绿野徘徊月，晴天断续[3]云。

yàn fēi yóu gè gè, huā luò yǐ fēn fēn.
燕飞犹个个，花落已纷纷。

sī fù gāo lóu wǎn, gē shēng bù kě wén.
思妇高楼晚，歌声不可闻。

注释

❶ **徐铉**（916—991），字鼎臣，五代至北宋初年文学家、书法家。
❷ **仲春**：即春季的第二个月。❸ **断续**：时而接续。

译文

二月初四这一天（是春分之日），春天的景色也好似在这一日被平分了。绿色的原野正适合去踏青，晴朗的天空之上，云朵接续不断。燕子在空中飞舞着，花儿已经开始纷纷凋落了。思念丈夫的妇人在傍晚登上高楼，她唱着歌儿，但声音几乎听不到了。

赏析

这首诗开门见山，直接点题，指出春分日平分昼夜、平分春季的特点。中间描写了节令时天气晴朗、燕儿南飞的好春光。“花落”流露出春光短暂、繁花凋零之意，由此自然过渡到思妇登上高楼，表现愁思。

春分

春分是二十四节气之一，在每年公历三月二十一日左右。古代帝王有在这一天祭日的礼制。民间有放风筝、簪花、喝酒、郊外挖野菜等活动。

jiāng pàn dú bù xún huā · qí liù

江畔独步寻花·其六

［唐］杜　甫

huáng sì niáng jiā huā mǎn xī
黄 四 娘 家 花 满 蹊[1]，

qiān duǒ wàn duǒ yā zhī dī
千 朵 万 朵 压 枝 低。

liú lián xì dié shí shí wǔ
留 连[2]戏 蝶 时 时 舞，

zì zài jiāo yīng qià qià tí
自 在 娇 莺 恰 恰[3]啼。

注释

❶ **蹊**：小路。❷ **留连**：舍不得离开。❸ **恰恰**：这里形容鸟叫声和谐动听。

译文

黄四娘家的花儿开得很茂盛，把小路都给遮蔽了，千朵万朵的花把枝条压低了头。彩蝶舍不得离去，在花间不停地飞舞；自由自在的黄莺，一声一声叫得很动听。

赏析

这首诗记叙了诗人在黄四娘家赏花时所看到的景象，描写了烂漫的春光，展现了一幅春暖花开、莺歌蝶舞、生机盎然的画面。诗人对生活的热爱充分表现在字里行间，花草之美，人与自然的亲切、和谐，跃然纸上。

鸟鸣声

古诗词里常出现很多代表鸟鸣声的拟声词，除了『恰恰』外，还有『交交』『关关』『啾啾』『嘤嘤』等。

古人爱玩谐音梗

——“柳”和“留”

“柳”与“留”的发音相似，因此古人常常借“柳”来表达对即将分别的人的思念，民间由此产生了以柳赠别和折柳寄远的风俗。在古诗词中，用“柳”来表达“挽留”之意的数不胜数。《诗经·采薇》中“昔我往矣，杨柳依依；今我来思，雨雪霏霏”，以柳诉离别，表达了诗人的哀伤。唐朝诗人李白在《劳劳亭》中写道：“天下伤心处，劳劳送客亭。春风知别苦，不遣柳条青。”真切地写出了送别朋友时的离愁别绪。

历代文人都钟爱柳树，纷纷折杨柳来表达情感。“水中杨柳曲尘丝，立马烦君折一枝”，唐朝诗人杨巨源看到杨柳就想请人折一枝。“伤见路旁杨柳春，一重折尽一重新。今年还折去年处，不送去年离别人。”另一位唐朝诗人施肩吾年年折杨柳，而且每年都折同一处。这也难怪盛唐诗人王之涣要说：“杨柳东风树，青青夹御河。近来攀折苦，应为别离多。”想必他也觉得柳树活得不容易吧！

诗路小憩

诗词大会

一、请在下面的空缺处填上数字。

1. 碧玉妆成 ____ 树高， ____ 条垂下绿丝绦。

2. 桃花潭水深 ____ 尺，不及汪伦送我情。

3. 黄四娘家花满蹊， ____ 朵 ____ 朵压枝低。

4. 桃花 ____ 簇开无主，可爱深红爱浅红？

5. 仲春初 ____ 日，春色正中分。

二、古诗词中包含“绿”字的诗句很多，请根据下面的表格，写出“绿”字在不同位置的诗句。（也可填五言或词句）

绿						
	绿					
		绿				
			绿			
				绿		
					绿	
						绿

niǎo míng jiàn

鸟鸣涧[1]

［唐］王　维

rén xián guì huā luò

人闲[2]桂花[3]落，

yè jìng chūn shān kōng

夜静春山[4]空。

yuè chū jīng shān niǎo

月出惊[5]山鸟[6]，

shí míng chūn jiàn zhōng

时[7]鸣[8]春涧中。

注释

❶ **涧**：夹在两山间的流水。❷ **人闲**：指没有人事活动相扰。闲，安静。❸ **桂花**：此处指木樨，有春花、秋花等不同品种，这里指的是春天开花的一种。❹ **春山**：春日的山。也指春日山中。❺ **惊**：惊动，扰乱。❻ **山鸟**：山中的鸟。❼ **时**：时而，偶尔。❽ **鸣**：啼叫。

译文

山中没有人，很安静，只有桂花无声地飘落；入夜了，春日的山中一派静谧，似空无一物。明月升了起来，惊动了山中的飞鸟，它们不时地高飞鸣叫，在这春天的溪涧中。

赏析

诗人常在他的山水诗里创造静谧的意境，但这首诗中所写的都是动的景物，如花落、月出、鸟鸣，它们既使诗显得富有生机而不枯寂，同时又以动衬静，更加突出了春涧的幽静。

山涧

山涧指的是山间的水流。陶渊明的“山涧清且浅，可以濯吾足”，王安石的“结屋山涧曲，挂瓢秋树颠”都表达了一种隐居世外、安然闲适的意味。

yí qù èr sān lǐ
一去二三里

［宋］邵　雍[1]

yí　qù　èr　sān　lǐ
一　去[2]二　三　里，

yān　cūn　sì　wǔ　jiā
烟　村[3]四　五　家。

tíng　tái　liù　qī　zuò
亭　台[4]六　七　座，

bā　jiǔ　shí　zhī　huā
八　九　十　枝　花。

注释

❶ **邵雍**（1011—1077），字尧夫，自号安乐先生，北宋理学家、数学家、道士、诗人。与周敦颐、张载、程颢、程颐并称“北宋五子”。❷ **去**：距离。❸ **烟村**：被烟雾笼罩的村庄。❹ **亭台**：泛指供人们游赏、休息的建筑物。

译文

一眼望去有二三里远，烟雾笼罩着四五户人家。村庄旁有六七座凉亭，还有许多鲜花正在绽放。

赏析

这首诗把烟村、人家、亭台、鲜花等景象集结在一起，勾勒出一幅田园风光图，创造出一种淡雅的意境，表达了诗人对大自然的喜爱与赞美。“里”“家”“座”“枝”等量词和“一”“二三”“四五”“六七”“八九十”等数词的运用新颖而有变化，读来朗朗上口。

亭台

『亭、台、楼、阁』是古代的几种建筑物，其中『亭』指亭子、凉亭，一般建在路边或水旁，供行人休息、乘凉或观景用；『台』是一种高而平的建筑，一般筑成方形，便于人们站在上面观望。

chūn rì
春　日

［宋］朱　熹

shèng rì xún fāng sì shuǐ bīn
胜日❶寻芳❷泗水滨❸，

wú biān guāng jǐng yì shí xīn
无边光景一时新。

děng xián shí dé dōng fēng miàn
等闲❹识得东风面❺，

wàn zǐ qiān hóng zǒng shì chūn
万紫千红总是春。

注释

❶**胜日**：天气晴好的日子。胜，优美。❷**寻芳**：游春，踏青。❸**泗水滨**：泗水河边。泗水，河流名，在山东。滨，水边。❹**等闲**：随意。❺**东风面**：春风的面貌。

译文

趁着天气晴好，我来到泗水河边赏花观景，那里风光无限，新鲜奇丽的景色映入眼帘。很随意就可以看出春风的面貌，放眼望去，一派万紫千红的春光。

赏析

诗歌首句点明出游的时间和地点，后三句写“寻芳”的所见所感。诗中的“泗水”暗喻孔门，“寻芳”暗喻寻求圣人之道，“东风”暗喻教化，“春”暗喻孔子倡导的思想。诗人把哲理融于生动具体的形象之中，不露说教的痕迹。

寻芳

『芳』指的是花卉，也代指春天。寻芳，顾名思义，也就是探寻春天、游览美景的意思了。古人在春天时常出去踏青，就连岳飞在征战之余，也会去观赏美景，『经年尘土满征衣，特特寻芳上翠微』。

tí lín ān dǐ

题临安邸[1]

［宋］林　升[2]

shān wài qīng shān lóu wài lóu

山外青山楼外楼，

xī hú gē wǔ jǐ shí xiū

西湖歌舞几时休[3]？

nuǎn fēng xūn dé yóu rén zuì

暖风熏得游人醉，

zhí bǎ háng zhōu zuò biàn zhōu

直[4]把杭州作汴州[5]。

注释

① **临安邸**：指杭州的一家旅馆。临安，即杭州，南宋都城。邸，旅店。② **林升**（1123—1189），字梦屏，南宋诗人。③ **休**：停止。④ **直**：简直。⑤ **汴州**：即汴京（今河南省开封市），北宋都城。当时被金兵占领。

译文

青山之外还有青山，高楼之外还有高楼，西湖边的歌舞何时才能停下来？暖风熏得游人如痴如醉，他们忘乎所以，只图偷安享乐，简直把杭州当成了故都汴州。

赏析

这首诗的前两句写杭州山水楼台的奢华和歌舞升平的景象。“游人”特指苟且偷安的南宋统治阶级。末句既是讽刺，又是警告：长期如此，杭州也会像汴州一样，落入金人的铁蹄之下。全诗语言直白而忧愤深沉。

杭州

杭州是古诗词中出现得最多的地名之一，千百年来，众多文人墨客、风流才子在这里流连，留下数不清的诗词佳篇：『江南忆，最忆是杭州』『欲把西湖比西子，淡妆浓抹总相宜』『东南形胜，三吴都会，钱塘自古繁华』……

yóu yuán bù zhí

游园不值[1]

［宋］叶绍翁[2]

yīng lián jī chǐ yìn cāng tái
应[3]怜屐齿[4]印苍苔[5]，

xiǎo kòu chái fēi jiǔ bù kāi
小扣[6]柴扉[7]久不开。

chūn sè mǎn yuán guān bú zhù
春色满园关不住，

yì zhī hóng xìng chū qiáng lái
一枝红杏出墙来。

注释

❶ **游园不值**：去游园却没有遇到主人。值，遇到。❷ **叶绍翁**，字嗣宗，号靖逸，南宋中期文学家。擅写七言绝句，《游园不值》是其代表作，为历代传诵。❸ **应**：大概，表示猜测。❹ **屐齿**：木屐底下突出的部分。屐，木鞋。❺ **印苍苔**：在青苔上留下印迹。苍苔，生长在潮湿地面的绿色苔藓。❻ **小扣**：轻轻地敲。扣，同“叩”。❼ **柴扉**：用木柴、树枝编成的门。

译文

或许是园主怕我的木屐踩坏他所爱惜的青苔吧，我轻敲柴门好一会儿，也没有人来开。可是这满园的春色是关不住的，一枝红色的杏花已经伸到了墙外。

赏析

这首小诗的前两句将主人不在家，故意说成主人有意拒客。后两句把“春色”和“红杏”拟人化，富有哲理：“春色”是关不住的，“红杏”必然要“出墙来”，告知春天的来临。

红杏

红杏在春天开花，用于诗词中，常用来表现春天的美丽。除了叶绍翁的《游园不值》，还有宋祁的《玉楼春·春景》写红杏：『绿杨烟外晓寒轻，红杏枝头春意闹。』苏轼也在《浪淘沙·探春》中写到红杏：『昨日出东城，试探春情。墙头红杏暗如倾。』

讽刺诗

讽刺诗是指包含讽刺内容的诗歌。诗人在诗中以嘲讽、讥刺的态度，来批判、揭露生活中的不良风气。这种诗歌形式短小精悍。诗人常以起兴、类比等手法塑造讽刺对象，《诗经》中的《相鼠》就是这样的一首诗：

相鼠有皮，人而无仪。人而无仪，不死何为！

相鼠有齿，人而无止。人而无止，不死何俟！

相鼠有体，人而无礼。人而无礼，胡不遄死！

此诗虚写老鼠，实则是揭露统治者用虚伪的礼节欺骗人民，称他们连人人喊打的老鼠都不如。全诗三章重叠，以鼠起兴，反复类比，意思并列，但各有侧重。通篇感情强烈，语言尖刻，讽刺意味浓厚。

《乐府诗集》的《杂歌谣辞·谣辞》中也有一首讽刺的歌谣：

城中好高髻，四方高一尺。

城中好广眉，四方且半额。

城中好大袖，四方全匹帛。

这首歌谣讽刺了上行下效而造成的追求时髦的不良社会风气。全诗由三个因果关系的句子构成。前两句写女人头发、眉毛刻意修整后的式样，由于京城里风行“高髻”，时兴“广眉”，地方民众就把发髻梳得一尺高，把眉毛描画得能盖住半个脑门！最后一句写京都中流行“大袖”，各处又争先恐后地照着做，那衣袖得用整匹的绸缎才能做成。整首歌谣运用形象化的语言，夸张的手法，漫画式的描写，辛辣地讽刺了盲目跟风的歪风邪气，挖苦了那些追求“高髻”“广眉”“大袖”的庸俗风习。

诗路小憩

诗词大会

一、补全下列诗句的内容。

1. ____________，时鸣春涧中。

2. 等闲识得东风面，____________。

3. 暖风熏得游人醉，____________。

4. ____________，一枝红杏出墙来。

5. 一去二三里，____________。

二、回答下列问题。

1. 《鸟鸣涧》是哪位诗人写的？

____

2. “北宋五子”分别是哪五个人？

____

3. 叶绍翁写游园最著名的一句诗是哪一句？

____

4. 《题临安邸》讽刺了什么？

____

5. “等闲识得东风面，万紫千红总是春”出自哪首诗？

____

táo huā xī

桃花溪[1]

［唐］张　旭[2]

yǐn yǐn fēi qiáo gé yě yān

隐隐飞桥[3]隔野烟，

shí jī xī pàn wèn yú chuán

石矶[4]西畔问渔船[5]。

táo huā jìn rì suí liú shuǐ

桃花尽日[6]随流水，

dòng zài qīng xī hé chù biān

洞[7]在清溪何处边？

注释

❶ **桃花溪**：水名，在湖南省桃源县桃源山下。❷ **张旭**（约 675—约 750），字伯高，一字季明，唐朝著名书法家，以草书闻名，被后世尊称为“草圣”。❸ **飞桥**：高桥。❹ **石矶**：水中积石或水边突出的岩石、石堆。❺ **渔船**：这里指渔船上捕鱼的渔夫。❻ **尽日**：整天，整日。❼ **洞**：指《桃花源记》中武陵渔人找到的洞口。

译文

一座高桥隔着云烟隐隐出现，我在岩石的西边询问渔船上的渔夫：桃花整天随着流水流淌，那桃源洞口在清溪的哪一边？

赏析

这首诗从远及近，用问讯的方式运实入虚，构思新颖巧妙。诗人通过描写桃花溪幽美的景色和他对渔人的询问，抒写一种向往世外桃源、追求美好生活的心境。

桃花源

“桃花源”这一意象经由陶渊明的《桃花源记》而闻名于世，在古诗词中极为常见，被用来表达诗人对隐居世外的一种向往。

zǎo fā bái dì chéng

早发白帝城①

［唐］李　白

zhāo cí bái dì cǎi yún jiān
朝辞白帝彩云间，

qiān lǐ jiāng líng yí rì huán
千里江陵②一日还。

liǎng àn yuán shēng tí bú zhù
两岸猿声啼不住③，

qīng zhōu yǐ guò wàn chóng shān
轻舟已过万重山④。

注释

① **白帝城**：古城名，在今重庆市奉节县东白帝山上。西汉末年公孙述占据这里自称白帝，故名白帝城。② **江陵**：地名，今湖北省江陵县。③ **啼不住**：叫个不停。④ **万重山**：一道又一道山。重，层。万重，形容很多层。

译文

清晨告别朝霞缭绕的白帝城，千里之外的江陵似乎一天就可到达。江岸上猿猴的叫声还没有停歇，轻快的小船早已过了数重山。

赏析

诗中首句点出开船的时间和地点，次句写诗人急切的心情。夸张手法的运用，表现了长江一泻千里之势，同时也体现了诗人归心似箭的心情。三四两句形象地描绘行船的情形，先写猿声，继写轻舟，借猿声回响衬托舟行之快。全诗抒发了诗人历经艰难岁月后的愉悦心情。

白帝城

白帝城位于重庆，是西汉末年割据蜀地的公孙述所建，公孙述自号白帝，故称该城为『白帝城』。历代著名诗人如李白、杜甫、白居易、刘禹锡、苏轼等都曾登白帝，游夔门，留下大量诗篇，因此白帝城又有『诗城』之美誉。

hán shí

寒食[1]

［唐］韩　翃[2]

chūn chéng wú chù bù fēi huā
春城[3]无处不飞花[4]，

hán shí dōng fēng yù liǔ xié
寒食东风御柳斜[5]。

rì mù hàn gōng chuán là zhú
日暮汉宫[6]传蜡烛[7]，

qīng yān sàn rù wǔ hóu jiā
轻烟散入五侯[8]家。

注释

❶**寒食**：寒食节，我国古代传统节日，在清明节前一两天。按传统习俗，期间不能生火做饭，只吃冷食，所以叫寒食节。❷**韩翃**（约 719—约 788），字君平，唐代诗人，“大历十才子”之一。他的诗歌笔法轻巧，写景别致。❸**春城**：春天的京城，这里指长安。❹**飞花**：天空中飘飞的杨花和柳絮。❺**御柳斜**：皇宫御花园里的柳树。斜，一读“xiá”。❻**汉宫**：汉朝宫廷。这里借指唐朝皇宫。❼**传蜡烛**：寒食节禁火，但朝廷传赐蜡烛给公侯之家，受赐的可以点火。❽**五侯**：这里指天子宠幸之臣。

译文

春天的长安城里，处处飘着杨花。寒食节里，东风吹斜了宫中的柳树。傍晚时，宫中开始赏赐新烛火，袅袅的轻烟升起在皇亲国戚家。

赏析

这是一首讽刺诗，前两句写长安的风景，后两句暗指中唐以来受皇帝宠幸的宦官。诗中没有直接讽刺，而是通过描摹特权阶层的生活细节来暗讽，含蓄巧妙，入木三分。

寒食节

从春秋时期至今，寒食节已有两千多年的历史。寒食节是在清明节的前一两日，在这天，民间禁烟火，只吃冷食。后世逐渐产生了祭扫、踏青、秋千、蹴鞠、斗鸡等风俗活动。

chūn xiāo
春宵

［宋］苏　轼

chūn xiāo yí kè zhí qiān jīn
春宵一刻[1]值千金，

huā yǒu qīng xiāng yuè yǒu yīn
花有清香月有阴[2]。

gē guǎn lóu tái shēng xì xì
歌管[3]楼台声细细，

qiū qiān yuàn luò yè chén chén
秋千院落夜沉沉。

注释

❶ **一刻**：比喻时间短暂。刻，计时单位，古代用漏壶计时，一昼夜共分为一百刻。❷ **月有阴**：指月光在花下投射出朦胧的阴影。❸ **歌管**：指唱歌奏乐。

译文

春天的夜晚，即便是极短的时间也十分珍贵。花儿散发着清香，月光在花下投射出朦胧的阴影。楼台深处，富贵人家还在轻歌曼舞，那轻轻的歌声和管乐声还不时地弥散于醉人的夜色中。夜已经很深了，挂着秋千的庭院已是一片寂静。

赏析

诗的前两句写春夜美景，后两句写官宦贵族阶层尽情享乐的情景。全诗写得明白如话却又立意深沉。在冷静自然的描写中，含蓄委婉地透露出诗人对贪图享乐、不珍惜光阴的人的谴责。

秋千

秋千是一种借助绳索、木板等在空中悠荡的娱乐设施，据说是由中国古代北方少数民族创造的。春秋时期传入中原地区，并流传至今。

qīng míng
清明[1]

［唐］杜 牧

qīng míng shí jié yǔ fēn fēn
清明时节雨纷纷，

lù shàng xíng rén yù duàn hún
路上行人欲断魂[2]。

jiè wèn jiǔ jiā hé chù yǒu
借问[3]酒家何处有？

mù tóng yáo zhǐ xìng huā cūn
牧童遥指[4]杏花村。

注释

❶ **清明**：二十四节气之一，也是我国传统节日，在公历四月五日左右。❷ **欲断魂**：指心里忧郁愁苦，如同失魂落魄一般。欲，几乎要，简直要。❸ **借问**：请问，向别人询问。❹ **遥指**：指着远处。

译文

清明时节，细雨绵绵不绝，路上的行人心中烦闷，像是丢了魂似的。问牧童哪里有卖酒的店家，他指向远处的杏花村。

赏析

诗的首句点明诗人所处的时间及当时的天气。次句着重写路人的心境。第三句写诗人触景伤情，想借酒消愁，于是问牧童哪里有酒家。最后一句“牧童遥指”把读者带入了一个与前三句完全不同的场景，画面一下子变得明朗起来。全诗语言通俗，景象生动，清新自然。

清明

清明节是传统的重大春祭日，在公历四月五日前后。不同地区的人们在这一天的活动虽不尽相同，但扫墓祭祖、踏青郊游是基本的主题。清明节与春节、端午节、中秋节并称为中国四大传统节日。

寒食节的故事

据传说，寒食节是纪念介之推的。

介之推是春秋时期晋国的贤臣，侍奉公子重耳（即后来的晋文公）。晋国发生内乱后，重耳被迫逃亡国外。介之推不畏艰难困苦跟随重耳流亡，他甚至割自己的腿肉熬汤，献给重耳。重耳做了国君后，因为国事纷杂，慢慢把介之推淡忘了。介之推心中十分难受，他和年迈的母亲回到家乡，隐居在山中。

有一天，重耳从国事中抽身出来，猛然发现身边少了介之推，想起忘了奖赏这个“割股奉君”的贤臣。他非常内疚，便亲自跑到介之推隐居的山中去寻找。但见山峦重叠、树木苍翠，就是不见介之推的影子。重耳想，介之推是个孝子，如果放火烧山，他一定会背着母亲出来。于是，他下令放火烧山，结果火一下蔓延数十里，连烧三日不熄，但介之推没有出来。火熄之后，大家进山查看，才发现介之推和他的老母抱在一起，被烧死在深山之中。

此事传出后，人们尊敬和怀念介之推，便在每年他被烧死的那一天纪念他。因为介之推是被火烧死的，大家在那天都不忍心举火，宁愿吞吃冷食，所以又叫“寒食”。

诗路小憩

诗词大会

一、古诗接龙。（后一句中要包含前一句的最后一个字）

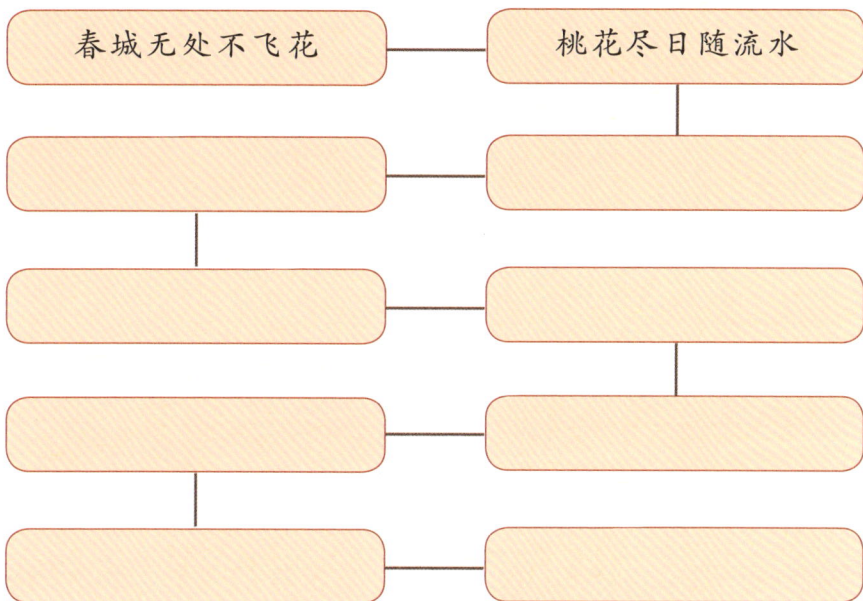

春城无处不飞花 —— 桃花尽日随流水

二、从下面的汉字魔方中找出四句古诗词。

花	猿	声	桃	汉	不	在
洞	暮	随	宫	传	烛	花
一	清	刻	日	流	日	千
明	尽	时	雨	纷	溪	上
蜡	清	岸	春	啼	金	山
路	轻	水	两	值	节	过
有	重	住	宵	纷	万	烟

chūn yuàn
春怨

［唐］金昌绪[1]

dǎ qǐ huáng yīng ér
打起黄莺儿，

mò jiào zhī shàng tí
莫[2]教枝上啼。

tí shí jīng qiè mèng
啼时惊妾[3]梦，

bù dé dào liáo xī
不得到辽西[4]。

注释

❶ **金昌绪**，唐朝人，身世不可考，诗仅《春怨》一首传于世。❷ **莫**：不。❸ **妾**：女子的自称。❹ **辽西**：古郡名，在今辽宁省辽河以西的地方。

译文

我敲打树枝，赶走树上的黄莺，不让它在树上乱叫。它清脆的叫声惊醒了我的梦，害得我在梦中不能赶到辽西，与戍守边关的亲人相见。

赏析

这首诗语言生动活泼，具有民歌色彩，四句诗句句相承，环环相扣，形成了一个不可分割的整体。如果从思想意义去看，它看似只是一首抒写儿女之情的小诗，实则有深刻的社会意义。它怀念征人，反映了当时兵役制下广大人民所承受的痛苦。

自称

『自称』指在别人面前对自己的称呼，古代的自称有很多，常用『吾』『我』『余』『予』等，还有帝王专称『朕』『孤』『寡人』等。通常都可译为『我』『我的』『我们』『我们的』。

huáng hè lóu sòng mèng hào rán zhī guǎng líng

黄鹤楼[1]送孟浩然之[2]广陵[3]

［唐］李　白

gù rén xī cí huáng hè lóu

故人[4]西辞[5]黄鹤楼，

yān huā sān yuè xià yáng zhōu

烟花[6]三月下扬州。

gū fān yuǎn yǐng bì kōng jìn

孤帆远影碧空尽[7]，

wéi jiàn cháng jiāng tiān jì liú

唯见长江天际流。

注释

❶ **黄鹤楼**：故址在今湖北省武汉市，是我国四大名楼之一。❷ **之**：去。❸ **广陵**：地名，今江苏省扬州市。❹ **故人**：老朋友，这里指孟浩然。❺ **西辞**：辞，离开。孟浩然要去的扬州在黄鹤楼的东边，故称西辞。❻ **烟花**：指杨柳如烟、繁花似锦的春景。❼ **尽**：消失。

译文

老朋友和我在黄鹤楼告别，他要在繁花盛开的阳春三月顺流东下前往扬州。一片孤帆渐渐消失在蓝天的尽头，眼前只剩下浩荡的长江水奔向天际。

赏析

这首诗首句点明地点，次句指明送行的时节和友人的目的地。最后两句借景抒情，流露出诗人的不舍。全诗语言清丽，意境开阔，感情深沉。

黄鹤楼

黄鹤楼在湖北省武汉市武昌蛇山，始建于公元二二三年。传说，古时仙人常乘黄鹤在此休息，故名黄鹤楼。古楼雄伟壮丽，与湖南岳阳楼、江西滕王阁并称江南三大名楼。

qīng píng diào qí yī
清平调[1]·其一

［唐］李　白

yún xiǎng yī shang huā xiǎng róng
云想衣裳花想容，

chūn fēng fú jiàn lù huá nóng
春风拂槛[2]露华[3]浓。

ruò fēi qún yù shān tóu jiàn
若非群玉山[4]头见，

huì xiàng yáo tái yuè xià féng
会向瑶台[5]月下逢。

注释

❶ **清平调**：曲调名。❷ **槛**：泛指栏杆。❸ **华**：通“花”。❹ **群玉山**：神话中的仙山，传说是西王母住的地方。❺ **瑶台**：传说中仙子住的地方。

译文

云霞是她的衣裳，花儿是她的容颜；春风吹拂栏杆，露珠滋润得花色更浓。如此天姿国色，若不见于群玉山头，那一定只有在瑶台月下才能相逢！

赏析

此诗想象十分巧妙，信手拈来，不露造作之痕。诗中的语言浓艳，首句以云霞比衣服，以花比容貌；第二句写花受春风露珠润泽，犹如妃子受君王宠爱；第三句以仙女比贵妃，第四句以嫦娥比贵妃。这样反复作比，塑造了艳丽如牡丹的美人形象。

杨玉环

杨玉环被称为中国古代四大美女之一，她本来是唐玄宗之子寿王李瑁的王妃，受令出家后，又被唐玄宗李隆基册封为贵妃，最后死于安史之乱中。

chūn wàng

春望

［唐］杜　甫

guó pò shān hé zài, chéng chūn cǎo mù shēn.
国破[1]山河在，城春草木深。

gǎn shí huā jiàn lèi, hèn bié niǎo jīng xīn.
感时花溅泪，恨别鸟惊心。

fēng huǒ lián sān yuè, jiā shū dǐ wàn jīn.
烽火连三月，家书抵万金。

bái tóu sāo gèng duǎn, hún yù bú shèng zān.
白头搔更短，浑[2]欲不胜簪[3]。

注释

❶ **国破**：指国都长安被叛军占领。❷ **浑**：简直。❸ **不胜簪**：因头发短而少，连簪子也插不上。

译文

长安沦陷，城池破碎，只有山河依旧；春天来了，人烟稀少的城内草木茂盛。感伤国事时，面对繁花也忍不住流泪；亲人离散时，听到鸟鸣也觉得伤心。直到春深三月，战火仍延绵不绝；家书难得，一封胜过万两黄金。忧虑国家，担心亲朋，我的满头白发越搔越短，简直连簪子也插不上了。

赏析

这首诗情景交融，感情深沉，而又含蓄凝练，言简意赅，充分体现了“沉郁顿挫”的艺术风格。诗歌反映了人们热爱国家、期待和平的美好愿望，表达了大家一致的心声，也展示出诗人忧国忧民、感时伤怀的高尚情感。

簪子

簪子是古人用来别住发髻的条状物，大都是用金属、骨头、玉石等制成。簪子又称簪、发簪、冠簪，除固定头发外，还有装饰的作用。

shǔ xiàng

蜀相[1]

［唐］杜 甫

chéng xiàng cí táng hé chù xún， jǐn guān chéng wài bǎi sēn sēn。
丞相祠堂何处寻，锦官城[2]外柏森森。

yìng jiē bì cǎo zì chūn sè， gé yè huáng lí kōng hǎo yīn。
映阶碧草自[3]春色，隔叶黄鹂空好音。

sān gù pín fán tiān xià jì， liǎng cháo kāi jì lǎo chén xīn。
三顾[4]频烦天下计，两朝开济[5]老臣心。

chū shī wèi jié shēn xiān sǐ， cháng shǐ yīng xióng lèi mǎn jīn。
出师未捷身先死，长使英雄泪满襟。

注释

❶ **蜀相**：三国时蜀国丞相，指诸葛亮。❷ **锦官城**：今四川省成都市。❸ **自**：徒然。❹ **三顾**：指刘备三顾茅庐。❺ **开济**：指帮助刘备开国和辅佐刘禅继位。

译文

何处去寻找丞相诸葛亮的祠堂？就在成都城外那柏树茂密的地方。碧草映着台阶，呈现自然的春色，树上的黄鹂隔着枝叶徒然地鸣唱。先主三顾茅庐，一再劳烦的是定国安邦之计；辅佐先主、扶助后主，表现出老臣的一片忠心。可惜他出师伐魏还未成功就病亡军中，使历代英雄们为此涕泪满裳！

赏析

这首诗借游览古迹，表达了对诸葛亮雄才大略、忠心报国的赞颂，以及对他出师未捷而身先死的惋惜。诗中自问自答，以实写虚，情景交融，叙议结合，既有对历史的评说，又有现实的寓托，在历代咏赞诸葛亮的诗篇中，堪称绝唱。

诸葛亮

诸葛亮（181—234）字孔明，号卧龙，徐州琅琊阳都（今山东省沂南县）人。他是三国时期蜀汉丞相，是杰出的政治家、军事家、外交家。他是中国传统文化中忠臣与智者的代表人物，后人的诗词中时常提及并称赞他。

三顾茅庐的故事

官渡之战后，曹操打败了刘备。刘备只得投靠刘表。曹操为得到刘备的谋士徐庶，就谎称徐庶的母亲病了，让徐庶立刻去许都。徐庶临走时告诉刘备，隆中卧龙冈有个奇才叫诸葛亮，如果能得到他的帮助，就可以得到天下了。

第二天，刘备就和关羽、张飞带着礼物去拜访诸葛亮。谁知诸葛亮刚好出游不在，书童说不知什么时候回来。刘备一行人只好回去了。

过了几天，刘备和关羽、张飞冒着大雪又来到诸葛亮的家。刘备看见一个青年正在读书，急忙过去行礼。可那个青年是诸葛亮的弟弟。他告诉刘备，哥哥被朋友邀走了。刘备非常失望，只好留下一封信，说渴望得到诸葛亮的帮助，平定天下。

转眼过了新年，刘备选了个好日子，又一次来到卧龙冈。这次，诸葛亮正好在睡觉。刘备让关羽、张飞在门外等候，自己在台阶下静静地站着。过了很长时间，诸葛亮才醒来，刘备向他请教平定天下的办法。

诸葛亮给刘备分析了天下的形势，说："北让曹操占天时，南让孙权占地利，将军可占人和，拿下西川成大业，和曹、孙呈三足鼎立之势。"刘备一听，非常佩服，请他相助。诸葛亮答应了。那年诸葛亮才 27 岁。

诗路小憩

诗词大会

一、古诗词中有很多含有“鸟”字或鸟名的诗句，试着写出几句。

1. ________________，________________。

2. ________________，________________。

3. ________________，________________。

4. ________________，________________。

5. ________________，________________。

二、“诗是无形画”，试着画出下面诗句所展现的画面。

孤帆远影碧空尽，
唯见长江天际流。

chūn rì ǒu chéng

春日偶成[1]

［宋］程　颢[2]

yún dàn fēng qīng jìn wǔ tiān
云淡[3]风轻近午天[4]，

bàng huā suí liǔ guò qián chuān
傍花随柳[5]过前川[6]。

shí rén bù shí yú xīn lè
时人不识余心[7]乐，

jiāng wèi tōu xián xué shào nián
将[8]谓[9]偷闲[10]学少年。

注释

❶ **偶成**：偶然写成。❷ **程颢**（1032—1085），字伯淳，号明道。北宋理学家、教育家，理学的奠基者。❸ **云淡**：云层淡薄，指天气晴朗。❹ **午天**：指中午。❺ **傍花随柳**：傍随于花柳之间。傍，靠近，依靠。随，沿着。❻ **川**：瀑布或河畔。❼ **余心**：我的心。余，我。❽ **将**：于是，就。❾ **谓**：以为。❿ **偷闲**：忙中抽出空闲的时间。

译文

云儿淡，风儿轻，时近春日中午；穿行于花柳之间，不知不觉来到了前面的河岸边。旁人并不了解我快乐的心情，他们以为我在学少年趁着大好时光忙里偷闲呢。

赏析

这首诗的前两句写景，描写了诗人出门郊游所见的春天美景。第三句是诗意的转折和推进，第四句说明自己并不是在学少年偷闲游玩。诗人用朴素的手法把柔和明丽的春光与自己自得其乐的心情融为一体。

云

“云”是中国古典诗歌中一种常见的意象，《诗经》有这样的句子：“出其东门，有女如云。虽则如云，匪我思存。”这里的“云”表示“多”的意思。而“浮云”一般喻义为世事的变幻与空虚。还有的“云”单纯表达一种自然的情趣。

chūn yuàn
春 怨

［唐］刘方平[1]

shā chuāng rì luò jiàn huáng hūn
纱窗日落渐黄昏，

jīn wū wú rén jiàn lèi hén
金屋[2]无人见泪痕。

jì mò kōng tíng chūn yù wǎn
寂寞空庭春欲晚，

lí huā mǎn dì bù kāi mén
梨花满地不开门。

注释

❶ **刘方平**，唐朝诗人，他的诗多是咏物写景之作，善于寓情于景，意蕴无穷。❷ **金屋**：原指汉武帝少时欲金屋藏阿娇之事。这里指妃嫔所住的华丽宫室。

译文

纱窗外的阳光淡去，黄昏渐渐降临。华丽的屋内，无人看见我悲哀的泪痕。庭院空旷寂寞，春天的景色就要逝去了。梨花飘落满地，院门紧紧地关闭着。

赏析

这是一首宫怨诗。诗人重叠渲染、反复勾勒，烘托出一种凄凉、孤寂、哀怨的气氛。此外，这首诗还以象征手法点出了美人迟暮之感，从而进一步表现出诗中主人公的悲哀。这使诗篇更深曲委婉，味外有味。

金屋

金屋原是指华美的房屋，在诗词中一般是指汉武帝刘彻『金屋藏娇』的典故。这个故事的结局并不圆满，因而诗词中一般借此表达一种悲伤的情绪。

莺梭

yīng suō

［宋］刘克庄[1]

zhì liǔ qiān qiáo tài yǒu qíng
掷柳[2]迁乔[3]太有情，

jiāo jiāo shí zuò nòng jī shēng
交交[4]时作弄机声[5]。

luò yáng sān yuè huā rú jǐn
洛阳三月花如锦[6]，

duō shǎo gōng fu zhī dé chéng
多少工夫织得成。

注释

❶ **刘克庄**（1187—1269），字潜夫，号后村，南宋诗人、诗论家。他是宋末文坛领袖，辛派词人的重要代表，词风豪迈慷慨。❷ **掷柳**：从柳枝上投掷下来。❸ **迁乔**：迁移到高大的乔木上。❹ **交交**：形容黄莺的鸣叫声。❺ **弄机声**：开动织布机发出的响声。❻ **花如锦**：花开得像锦绣一样美丽。

译文

春天，黄莺在树林里飞上飞下，对树林有着深厚的情感。黄莺的鸣叫声就像踏动织布机时发出的声音一般。三月的洛阳，百花竞相开放，犹如锦绣。辛勤的黄莺正在园林之中忙碌，费尽心思织成如此壮丽迷人的春色。

赏析

这首诗描写了农历三月期间，洛阳花开似锦的美好春光。全诗中没有一个春字，而洛阳春天锦绣一样的美丽景色却跃然纸上。诗中运用了很多比喻，把柳莺的飞下飞上喻为莺梭，把它的“交交”鸣叫声喻作织布机声，把洛阳盛开的花儿喻作锦绣，这些比喻形象、生动、传神。

锦绣

锦绣是指花纹精美色彩鲜艳的丝织品，因为其美丽，又用来比喻美丽或美好的事物。古人常用它来形容山河大地或有华彩的文章，如锦绣山河、锦绣华章。

cháng gē xíng

长歌行

汉乐府[1]

qīng qīng yuán zhōng kuí zhāo lù dài rì xī
青青园中葵[2]，朝露[3]待日晞[4]。
yáng chūn bù dé zé wàn wù shēng guāng huī
阳春布德泽[5]，万物生[6]光辉。
cháng kǒng qiū jié zhì kūn huáng huā yè cuī
常恐秋节至[7]，焜黄[8]华[9]叶衰。
bǎi chuān dōng dào hǎi hé shí fù xī guī
百川东到海，何时复西归？
shào zhuàng bù nǔ lì lǎo dà tú shāng bēi
少壮不努力，老大徒[10]伤悲！

注释

① **汉乐府**：乐府原是汉朝时负责采集民歌、制作音乐的官方机构。这些采集而来的歌谣和其他经乐府配曲入乐的诗歌，后来被称为“乐府诗”，简称为“乐府”。② **葵**：冬葵菜，我国古代一种重要的蔬菜。③ **朝露**：早晨的露水。④ **晞**：晒干。⑤ **布德泽**：指大自然给万物雨露和阳光。⑥ **生**：焕发，呈现。⑦ **秋节至**：秋天来到。节，时节，时令。⑧ **焜黄**：枯黄色。⑨ **华**：同“花”。⑩ **徒**：徒然，白白地。

译文

园中的葵菜绿油油的一片，清晨的露珠正等待着阳光的照耀。温暖的春天把阳光洒向大地，世间的万物都焕发着生机。总是担心着秋天的来临，那时，所有的花和叶子都会枯黄衰败。条条江河都向东流入大海，什么时候才能再向西流？如果年少时不努力，等到年老时就只能徒然伤悲。

赏析

在这首诗中，作者借葵的荣枯和河水东流入海，比喻时光飞逝，鼓励少年珍惜时光，努力向上。

百川

“川”的意思是河流，百川就是江河湖泽的总称。这一词在《诗·小雅·十月之交》中就已经出现：“百川沸腾，山冢崒崩。”

míng rì gē

明日歌

［明］钱鹤滩[1]

míng rì fù míng rì, míng rì hé qí duō
明日复[2]明日，明日何其[3]多。

wǒ shēng dài míng rì, wàn shì chéng cuō tuó
我生待[4]明日，万事成蹉跎[5]。

shì rén kǔ bèi míng rì lèi, chūn qù qiū lái lǎo jiāng zhì
世人苦被明日累[6]，春去秋来老将至。

zhāo kàn shuǐ dōng liú, mù kàn rì xī zhuì
朝看水东流，暮看日西坠。

bǎi nián míng rì néng jǐ hé? qǐng jūn tīng wǒ míng rì gē
百年明日能几何？请君听我明日歌。

注释

❶ **钱鹤滩**（1461—1504），字与谦，明代状元。他自幼才思过人，七岁即能作文。❷ **复**：又。❸ **何其**：多么。❹ **待**：等待。❺ **蹉跎**：光阴虚度。❻ **累**：使受害。

译文

总是在等待明天，又有多少个明天呢？我的一生都在等待明天，什么事情都没有进展。世人和我一样辛苦地为明天所累，一年又一年，马上就将老去。早晨看河水向东流逝，傍晚看太阳向西坠落。百年之中能有多少个明天呢？请诸位听听我的《明日歌》。

赏析

诗人在这首诗中七次提到“明日”，反复告诫人们不要虚掷光阴，要牢牢地抓住稍纵即逝的今天，不要把任何计划和希望寄托在未知的明天。诗歌通俗易懂，很有教育意义。

“君”在古代相当于“你”，是对人的一种称呼，类似的还有“汝”“尔”“公”“子”“阁下”“足下”等，其中“公”“君”“阁下”是对人的尊称，更有尊敬意味。

君

谷雨

诗词天地

谷雨是二十四节气中的第六个节气，在每年的 4 月 19 日 ~ 21 日。它也是播种移苗、埯（ǎn）瓜点豆的最佳时节。“清明断雪，谷雨断霜”，气象专家表示，谷雨是春季最后一个节气，谷雨节气的到来意味着寒潮天气基本结束，气温会加快回升，将大大有利于农作物的生长。

中国古代将谷雨分为三候：“第一候萍始生，第二候鸣鸠拂其羽，第三候为戴胜降于桑。”是说谷雨后降雨量增多，浮萍开始生长，接着布谷鸟便提醒人们播种了，然后人们开始在桑树上见到戴胜鸟。

进入公历四月的谷雨节气，与早春二月时的雨水节气相比，虽同有一个“雨”字，但在含义上有着很大的区别。雨水节气，不见雪花飞舞，静听春雨无声，黄河中下游地区开始下雨。而谷雨节气的名称，源自古人的“雨生百谷”之说，表示这个时期的降水对农作物的生长极为重要。谚语说“谷雨无雨，交回田主”，是从另一个角度来说明雨水的重要。

诗路小憩

诗词大会

一、写出几句含有叠字的古诗词。

示例：青青园中葵，朝露待日晞。

1. ______________，______________。

2. ______________，______________。

3. ______________，______________。

4. ______________，______________。

二、从下面的十六宫格中各识别出一句古诗词。

寞	傍	门	花
梨	寂	空	柳
庭	开	归	春
满	欲	晚	随

云	天	花	淡
轻	不	过	前
风	累	近	日
地	川	明	午

去	世	人	将
至	苦	秋	时
来	春	少	老
被	不	到	复

月	壮	得	如
海	洛	阳	大
伤	三	东	成
花	悲	工	锦

jiāng nán féng lǐ guī nián

江南[1]逢李龟年[2]

［唐］杜　甫

qí wáng zhái lǐ xún cháng jiàn
岐王[3]宅里寻常[4]见，

cuī jiǔ táng qián jǐ dù wén
崔九[5]堂前几度[6]闻。

zhèng shì jiāng nán hǎo fēng jǐng
正是江南好风景，

luò huā shí jié yòu féng jūn
落花时节[7]又逢君[8]。

注释

❶ **江南**：诗中指湖北长江南部和湖南一带。❷ **李龟年**：唐玄宗时著名的音乐家，善歌，曾在朝廷音乐机构中任职，安史之乱后，流落到江南。❸ **岐王**：唐玄宗的弟弟李范，以好学爱才著称，善音律。❹ **寻常**：平常。这里指经常。❺ **崔九**：唐玄宗的宠臣崔涤，曾任殿中监等职。❻ **几度**：几次。❼ **落花时节**：指暮春季节。❽ **君**：您，指李龟年。

译文

过去在岐王府里经常见到您的身影，在崔九家中也多次听到您的歌声。如今正是江南风景如画的好时候，在这落花的暮春又和您相逢了。

赏析

杜甫年少时与李龟年相识，四十年后国家衰败，两人历尽艰辛，漂泊到长沙，偶然相逢，于是就有了这首诗。诗的前两句追忆昔日与李龟年接触的经历，后两句是对世事全非、国家衰败的感叹。全诗概括了整个开元时期的时代沧桑，人生巨变。语极平淡，但内涵无限。

李龟年

李龟年是唐朝的音乐家。他善歌，还擅吹筚篥，擅奏羯鼓，也长于作曲等。他和李彭年、李鹤年兄弟创作的《渭川曲》特别受到唐玄宗的赏识。安史之乱后，李龟年流落到江南，每遇良辰美景便演唱几曲，常令听者流泪。

金谷园[1]

jīn gǔ yuán

［唐］杜　牧

fán huá shì sàn zhú xiāng chén
繁 华 事 散 逐 香 尘[2]，

liú shuǐ wú qíng cǎo zì chūn
流 水 无 情 草 自 春。

rì mù dōng fēng yuàn tí niǎo
日 暮 东 风 怨 啼 鸟，

luò huā yóu sì zhuì lóu rén
落 花 犹 似 坠 楼 人[3]。

注释

❶ **金谷园**：指西晋石崇在洛阳的别墅。❷ **香尘**：据说石崇为训练家中舞伎的步法，把沉香屑铺在象牙床上，让她们踩踏，没留下脚印的就赐给珍珠。❸ **坠楼人**：指石崇的爱妾绿珠。石崇倒台后，她不肯屈从于别人，坠楼而死。

译文

繁华往事，已跟香尘一样飘荡无存；流水无情，野草却年年以碧绿迎春。傍晚时啼鸟悲鸣，随着东风声声传来；落花纷纷，恰似那为石崇坠楼的绿珠。

赏析

金谷园是西晋富豪石崇的别墅，繁荣华丽，极一时之盛。唐时园已荒废，成为供人凭吊的古迹。诗人以金谷园曾经的繁华起笔，写到“流水”“草”“日暮”“啼鸟”和“落花”等意象，表达了对人事变迁的感慨，寄寓了无限情思。这首诗句句写景，景中寓情，四句蝉联而下，浑然一体。

石崇

石崇是西晋时期的文学家、官员、富豪，是『金谷二十四友』之一。永康元年（300年），贾后等为赵王司马伦所杀，司马伦党羽孙秀向石崇索要其宠妾绿珠不成，因而诬陷其为乱党。后石崇被夷三族。

wǎn chūn
晚 春[1]

［唐］韩 愈

cǎo mù zhī chūn bù jiǔ guī
草木知春不久归[2]，

bǎi bān hóng zǐ dòu fāng fēi
百般红紫[3]斗芳菲[4]。

yáng huā yú jiá wú cái sī
杨花[5]榆荚[6]无才思[7]，

wéi jiě màn tiān zuò xuě fēi
惟解[8]漫天作雪飞。

注释

❶ **晚春**：春季的最后一段时间。❷ **不久归**：这里指春天很快就要过去了。❸ **百般红紫**：即万紫千红，指色彩缤纷的春花。❹ **斗芳菲**：争芳斗艳。❺ **杨花**：指柳絮。❻ **榆荚**：也叫榆钱。榆未生叶时，先在枝间生荚，形如钱，荚花呈白色，随风飘落。❼ **才思**：才华和情思。❽ **惟解**：只知道，只懂得。

译文

花草树木知道春天即将离去，万紫千红竞相斗艳。杨花榆荚没有这种才华情思，只懂得像漫天白雪四处纷飞。

赏析

这是一首描绘暮春景色的七绝。初看似乎只是用拟人化的手法描绘了晚春的繁丽景色，实际上，它还寄寓着人们应该乘时而进、抓紧时机去实现人生价值的意思。这首诗中拟人化手法的奇妙运用，让全诗平中翻新，颇富奇趣。

杨花

在古诗中，杨花一般指的是『柳絮』，古诗中『杨柳』这一意象通常不是指杨树和柳树，而是单指柳树，一般是垂柳。柳絮纷飞时，如同漫天白雪，因而常被文人写入诗词中。

花影
huā yǐng

［宋］苏　轼

chóng chóng dié dié shàng yáo tái
重重叠叠❶上瑶台，

jǐ dù hū tóng sǎo bù kāi
几度呼童扫不开。

gāng bèi tài yáng shōu shi qù
刚被太阳收拾去❷，

què jiào míng yuè sòng jiāng lái
却教❸明月送将来❹。

注释

❶ **重重叠叠**：形容地上的花影一层又一层，很浓厚。❷ **收拾去**：指日落时花影消失，好像被太阳收拾走了。❸ **教**：让。❹ **送将来**：指花影重新在月光下出现，好像是月亮送来的。将，语气助词，用于动词之后。

译文

亭台上的花影一层又一层，几次叫小童去打扫，可是花影怎么扫走呢？傍晚太阳下山时，花影刚刚隐退，可是月亮一升起来，花影又重重叠叠地出现了。

赏析

这是一首咏物诗，诗人表面写的是花影，实际上是用讽喻的手法，将重重叠叠的花影比作朝廷中的小人，正直的朝臣无论怎样努力，也无法清除他们。诗句中流露出一种无奈之感。

太阳

太阳与人类的生活息息相关，在古代的诗词中，太阳这个意象也时常以『金乌』『火轮』『曦和』等别称出现，这一意象通常代表的是光明、温暖和希望。

yóu zǐ yín

游子吟[1]

［唐］孟　郊[2]

cí mǔ shǒu zhōng xiàn， yóu zǐ shēn shàng yī。
慈母手中线，游子身上衣。

lín xíng mì mì féng， yì kǒng chí chí guī。
临[3]行密密缝，意恐[4]迟迟归。

shuí yán cùn cǎo xīn， bào dé sān chūn huī。
谁言寸草心[5]，报得三春晖[6]。

注释

❶ **游子吟**：游子，离家在外漂泊的人。吟，诗歌的一种名称。❷ **孟郊**（751—814），字东野，唐代著名诗人，苦吟诗人代表，与贾岛并称“郊寒岛瘦”。❸ **临**：将要。❹ **意恐**：心中担忧、害怕。❺ **寸草心**：比喻儿女们的心意。寸草，小草。❻ **三春晖**：春天的阳光。这里比喻母爱。三春，即春天。晖，阳光。

译文

慈爱的母亲手拿针线，为将要远行的儿子缝补衣服。她一针一线密密地缝着，担心儿子久久不能回来。谁说小草的心意，报答得了春天阳光的恩惠呢？

赏析

诗人在诗中以一个极为平常的生活细节揭示了母爱的伟大：老母亲为临行的儿子缝补衣裳，由于担心儿子长时间不回来，就把针脚缝得十分细密，希望衣服能更结实一点。母爱像春天的阳光对小草的哺育，无穷无尽。全诗画面简洁，语言朴素，内涵深厚，感人至深。

三春

古人将春天分为三个时段，即正月为孟春，二月为仲春，三月为季春，合称『三春』。也就是说，三春指的是整个春季。

“三杜” “三苏”

在文学史上，有些人因为某些方面取得突出的成绩，往往会被人们合称，以显示他们的才华和特点，像唐朝的“三杜”，宋朝的“三苏”。

唐朝的“三杜”是指三位姓杜的唐代诗人——杜甫、杜牧、杜荀鹤。

宋朝的“三苏”是指北宋散文家苏洵和他的儿子苏轼、苏辙。

先说“三杜”。

杜甫是唐代伟大的现实主义诗人，与李白合称“李杜”。杜甫共有一千多首诗歌被保留了下来，大多集于《杜工部集》。杜甫在中国古代诗歌中的影响非常深远，被后人称为“诗圣”，他的诗被称为“诗史”。

杜牧是唐代杰出的诗人、散文家。因晚年居长安南樊川别墅，故后世称“杜樊川”，著有《樊川文集》。杜牧的诗歌以七言绝句著称，内容以咏史抒怀为主，其诗英发俊爽，多切经世之物，在晚唐成就颇高。

杜荀鹤才华横溢，仕途坎坷，终未酬志，在诗坛却享有盛名，自成一家，擅长宫词。他一生以诗为业，提倡诗歌要继承风雅传统，反对浮华，其诗作平易自然，朴实明畅，清新秀逸。

再说“三苏”。

苏洵、苏轼、苏辙父子三人个个才高八斗，在“唐宋八大家”中揽得三席。苏轼成就最高，乃一代文豪。后人对其父子不吝羡慕与赞美之词，“苏洵、苏轼、苏辙，两代三人，衣钵文采垂千古”“一门父子三词客，千秋文章八大家”……

诗路小憩

诗词大会

一、古诗接龙。（后一句中要包含前一句的最后一个字）

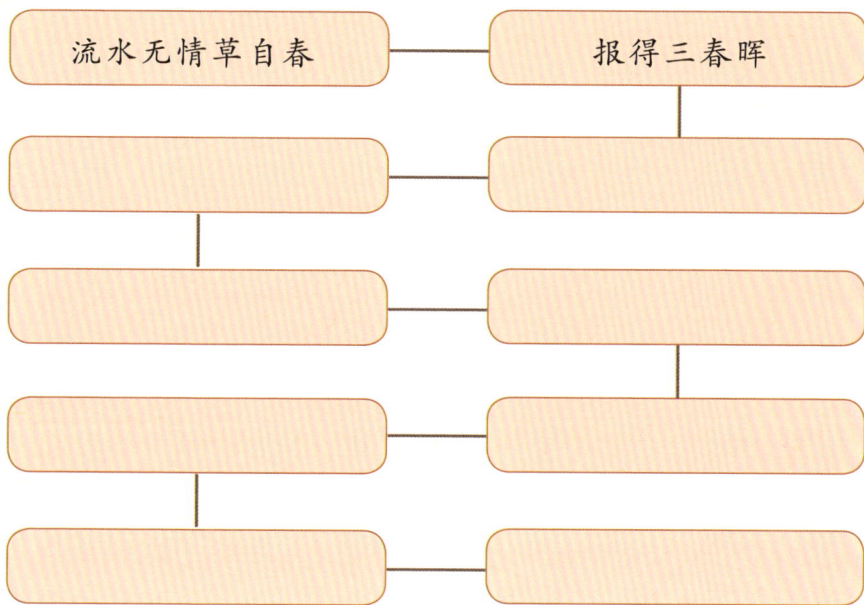

流水无情草自春	报得三春晖

二、选择正确的选项。

1. 《金谷园》的作者是（　　　　）。

A. 杜牧　　　　B. 杜甫　　　　C. 苏轼

2. “江南逢李龟年”中的“李龟年”是一位（　　　　）。

A. 将军　　　　B. 音乐家　　　　C. 诗人

3. “重重叠叠上瑶台，几度呼童扫不开。”说的是（　　　　）。

A. 水　　　　B. 太阳　　　　C. 花影

4. “谁言寸草心，报得三春晖。”出自于（　　　　）。

A. 《晚春》　　　　B. 《游子吟》　　　　C. 《金谷园》

敕勒歌[1]

chì lè gē

北朝民歌[2]

chì lè chuān, yīn shān xià.
敕勒川，阴山[3]下。

tiān sì qióng lú, lǒng gài sì yě.
天似穹庐[4]，笼盖四野[5]。

tiān cāng cāng, yě máng máng,
天苍苍，野茫茫，

fēng chuī cǎo dī xiàn niú yáng.
风吹草低见[6]牛羊。

注释

❶ **敕勒歌**：我国南北朝时敕勒族的一首民歌。敕勒，我国古代北方的少数民族，以游牧为生。❷ **北朝民歌**：北朝是指我国古代南北朝时期北方少数民族先后建立的北魏、东魏、北齐、西魏、北周五个政权的总称。北朝人民大多过着游牧生活，有许多民歌流传下来。❸ **阴山**：山脉名，大部分在今内蒙古自治区北部。❹ **穹庐**：用毡布搭成的帐篷，即蒙古包。❺ **野**：一读“yǎ”，四野即“四方”的意思。❻ **见**：出现。

译文

广袤的敕勒平原平铺在绵绵的阴山脚下。天空好似巨大的帐篷，笼罩着整个原野。天空蔚蓝，草原辽阔，每当风儿吹过，草儿低头，成群的牛羊便显露出来。

赏析

这首民歌的前两句交代了敕勒川的地理位置。中间两句把天比作穹庐，展现了敕勒川的一望无垠。后面三句充满了动感和野趣。全诗勾勒出一幅生机盎然的草原放牧图，也抒发了人们对生活的热爱和赞美之情。

游牧

游牧这一生产生活方式诞生至今已有三千多年的历史，它指的是人们在比较干旱的草原地区通过骑马去放牧，利用水草资源，以获取生活资料。

dà lín sì táo huā
大林寺❶桃花

［唐］白居易

rén jiān sì yuè fāng fēi jìn
人间❷四月芳菲尽，

shān sì táo huā shǐ shèng kāi
山寺桃花始盛开。

cháng hèn chūn guī wú mì chù
长恨❸春归无觅❹处，

bù zhī zhuǎn rù cǐ zhōng lái
不知转入此中来。

注释

❶ **大林寺**：在庐山大林峰，中国佛教圣地之一。❷ **人间**：指庐山下的平地村落。❸ **长恨**：常常惋惜。❹ **觅**：寻找。

译文

四月，山下的花已经全都凋零了，而高山古寺中的桃花才刚刚盛开。我常常为无处寻找离去的春天而惋惜，却不知它已经转到这里来了。

赏析

这首诗是唐代绝句中的一首珍品。作者在诗中写出了自己的所见所感，表达了发现大林寺桃花时的惊讶与欣喜。作者用桃花代替抽象的春光，把春光写得具体可感、形象美丽。作者还把春光拟人化，把它写得仿佛有脚似的，可以转来躲去。

物候

物候是指生物长期适应温度条件的周期性变化，形成与此相适应的生长发育节律。诗中的『人间四月芳菲尽，山寺桃花始盛开』就体现了海拔越高，温度越低导致的物候特点。

再游玄都观

zài yóu xuán dū guàn

［唐］刘禹锡

bǎi mǔ tíng zhōng bàn shì tái
百亩庭中❶半是苔，

táo huā jìng jìn cài huā kāi
桃花净尽❷菜花开。

zhòng táo dào shì guī hé chù
种桃道士❸归何处？

qián dù liú láng jīn yòu lái
前度刘郎今又来。

注释

❶ **百亩庭中**：指玄都观百亩大的观园。❷ **净尽**：净，空无所有。尽，完。❸ **种桃道士**：暗指当初打击王叔文、贬斥刘禹锡的权贵们。

译文

百亩庭院中大半长的是青苔，桃花已经荡然无存，只有菜花在开放。当年种桃树的道士身归何处？曾在此赏花的刘郎今日又来了。

赏析

从表面上看，这首诗只是写玄都观中桃花之盛衰存亡，长了一半青苔的观园、被菜花代替的桃花和消失的种桃道士展现了玄都观经过繁盛以后的荒凉。但从更深的层面来看，这首诗还表现了诗人重游旧地的感慨，并体现了他的不屈和乐观。

玄都观

玄都观始建于后周时期，原名通道观。据说隋文帝规划大兴城时，将其迁建于大兴城崇业坊内，改名为玄都观，隔朱雀大街与兴善寺相对。玄都观是唐朝著名的道观，其园林景观以遍植桃花而闻名。

sòng yǒu rén rù shǔ

送友人入蜀

［唐］李　白

jiàn shuō cán cóng lù， qí qū bú yì xíng。

见说蚕丛路①，崎岖不易行。

shān cóng rén miàn qǐ， yún bàng mǎ tóu shēng。

山从人面起，云傍马头生。

fāng shù lǒng qín zhàn， chūn liú rào shǔ chéng。

芳树笼秦栈②，春流③绕蜀城④。

shēng chén yīng yǐ dìng， bú bì wèn jūn píng。

升沉⑤应已定，不必问君平⑥。

注释

①**蚕丛路**：代指入蜀（今四川省）的道路。蚕丛，蜀国的开国君王。②**秦栈**：由秦（今陕西省）入蜀的栈道。③**春流**：春江水涨，江水奔流。或指流经成都的郫（pí）江、流江。④**蜀城**：指成都，也可泛指蜀中城市。⑤**升沉**：进退升沉，即人在世间的遭遇和命运。⑥**君平**：西汉学者严遵，字君平，曾在成都以卖卜（bǔ）为生。

译文

听说从这里去蜀国的道路崎岖艰险，自古就不易通行。山崖从人的脸旁突兀而起，云气依傍着马头，上升翻腾。花树笼罩着从秦入蜀的栈道，春江碧水绕流蜀地的都城。你的进退升沉都命中已定，用不着去询问善卜的君平。

赏析

这是一首以描绘蜀道山川的奇美而著称的抒情诗，风格清新俊逸。诗的中间两联对仗严整，颔联语意奇险，极言蜀道之难，颈联忽描写纤丽，又道风景可乐。最后劝勉友人不必过多担心仕途沉浮，重要的是要热爱生活，语言简练，情感真挚。

蚕丛

蚕丛是古代神话传说中的蚕神，是蜀国首位称王的人，他是位养蚕专家。李白的《蜀道难》中他也出现了：『蚕丛及鱼凫，开国何茫然。』蚕丛也有借指蜀地的意思。

qīng píng yuè　chūn guī hé chù
清平乐[1]·春归何处

［宋］黄庭坚[2]

chūn guī hé chù　jì mò wú xíng lù
春归何处？寂寞无行路[3]。

ruò yǒu rén zhī chūn qù chù　huàn qǔ guī lái tóng zhù
若有人知春去处，唤取归来同住。

chūn wú zōng jì shuí zhī　chú fēi wèn qǔ huáng lí
春无踪迹谁知？除非问取黄鹂。

bǎi zhuàn wú rén néng jiě　yīn fēng fēi guò qiáng wēi
百啭[4]无人能解，因风[5]飞过蔷薇。

注释

❶ **清平乐**：词牌名。❷ **黄庭坚**（1045—1105），字鲁直，北宋诗人、词人、书法家。他是江西诗派开山之祖。❸ **无行路**：没有留下春去的行踪。❹ **啭**：鸟儿婉转地鸣叫。❺ **因风**：借着风势。因，凭借。

译文

春天回到哪里去了？找不到它的行踪，四处一片沉寂。如果有人知道春天的消息，喊它回来同我们住在一起。谁也不知道春天的踪迹，要想知道，只有问一问黄鹂。那黄鹂千百遍地婉转啼叫，又有谁能懂得它的意思？看吧，黄鹂正趁着风势，飞过了盛开的蔷薇。

赏析

这首词表达的是惜春之情。词人通过主观感受，反映出春天的可爱和春去的可惜。诗中以拟人的手法写春，构思巧妙，设想新奇，表现了词人对美好春光的珍惜与热爱。

蔷薇

蔷薇的种类很多，诗词中出现的蔷薇一般指的是野蔷薇。秦观的《春日》中有：『有情芍药含春泪，无力蔷薇卧晓枝。』杜牧的《齐安郡后池绝句》中有：『菱透浮萍绿锦池，夏莺千啭弄蔷薇。』

古诗词里的春天

描写一年四季的诗词，数不胜数，诗人歌颂的不只是季节的变化，风景的美丽，更是对人事的一种认识和体验。

江南好，风景旧曾谙。日出江花红胜火，春来江水绿如蓝。能不忆江南？

江南忆，最忆是杭州。山寺月中寻桂子，郡亭枕上看潮头。何日更重游！

江南忆，其次忆吴宫。吴酒一杯春竹叶，吴娃双舞醉芙蓉。早晚复相逢！

——白居易《江南忆》

这首词很美。诗人写春风浩荡、百花盛开，展现出一幅满山遍野、姹紫嫣红的图景，表现了身在洛阳的作者对江南春色的无限赞叹与怀念。

春光虽然美好，景色纵然宜人，但古代春天也是科举开考的时节，有的文人享受着“十年寒窗无人问，一举成名天下知”的快乐，有的则吞咽着“愁云惨淡万里凝”的苦闷。在后一种文人眼中，春天是忧郁、伤感的。

花明柳暗绕天愁，上尽重城更上楼。欲问孤鸿向何处？不知身世自悠悠。

——李商隐《夕阳楼》

当年，李商隐从长安落第归来，情绪低落地回到家乡，此时已是花明柳暗的暮春时节。花明柳暗本是明媚动人的，可在诗人眼里，它们却带上了一种浓浓的悲愁。文字之间流露的是诗人对自己前途未卜的叹息和忧虑。

除了上文中提到的关于春天的古诗词，还有很多值得我们去欣赏、体会的古诗词，让我们在和暖的春风吹拂下，一同徜徉在诗海中。

诗路小憩

诗词大会

一、请在下面的空缺处填上动物的名称。

1. 天苍苍，野茫茫，风吹草低见____。

2. 山从人面起，云傍____头生。

3. 春无踪迹谁知？除非问取____。

二、写出包含下列字的反义词的诗句。

1. 上 ______________，______________。

2. 短 ______________，______________。

3. 难 ______________，______________。

4. 落 ______________，______________。

5. 去 ______________，______________。

6. 高 ______________，______________。

7. 关 ______________，______________。

8. 有 ______________，______________。

图书在版编目（CIP）数据

一天一首古诗词．春 / 夫子主编 .— 济南 ： 山东教育出版社，2019. 6（2020. 3 重印）

ISBN 978-7-5701-0634-9

Ⅰ．①一… Ⅱ．①夫… Ⅲ．①古典诗歌—诗集—中国—少儿读物 Ⅳ．① I222. 72

中国版本图书馆 CIP 数据核字（2019）第 074497 号

YI TIAN YI SHOU GU SHICI CHUN

一天一首古诗词　春　　夫子　主编

主管单位：山东出版传媒股份有限公司

出版发行：山东教育出版社

地址：济南市纬一路 321 号　邮编：250001

电话：（0531）82092660　网址：www.sjs.com.cn

印　　刷：济南继东彩艺印刷有限公司

版　　次：2019 年 6 月第 1 版

印　　次：2020 年 3 月第 4 次印刷

开　　本：720 mm × 1020 mm　1/16

印　　张：10

印　　数：30001—40000

字　　数：150 千

书　　号：ISBN 978-7-5701-0634-9

定　　价：36.00 元

（如印装质量有问题，请与印刷厂联系调换）

印厂电话：0531-87160055